二見文庫

七人の人妻捜査官

桜井真琴

目次

七人の人妻捜査官

プロローグ

鮎川《あゆかわ》真紀《まき》は、キッチンでふたつ並んだ弁当を見て、「ウフフ」と満足げに微笑んだ。

だし巻き玉子と唐揚げにウインナーが、ちょうどいい彩りに隙間なく嵌まっている。いい感じでできあがり、ちょっと誇らしい。

息子の好物ばかりだが、新学期の初日だから、まあいいかと苦手な野菜は入れないでおいたのである。

「おはよう、いい天気だなあ」

夫の博《ひろし》が、二階から降りてきて、ダイニングから話しかけてきた。見ればまだパジャマのままで、寝ぼけ眼である。

一方の真紀は、夫より早くに出社するので、エプロンの下はすでに白いブラウスと、膝上の少し短めなグレーのタイトスカートという出で立ちである。

真紀は結婚七年目、五歳のひとり息子がいる三十二歳だ。

だが、専業主婦としてのくたびれたところは見えず、二十代に見えるほど若々しいのは、日々の努力の賜《たまもの》であろう。

緩やかにウェーブするミドルレングスの黒髪に、形のよい大きなアーモンドアイ、高い鼻梁やシャープな顎のラインが相俟《あいま》って、真紀は華やかで人目を引く美人である。

ルックスだけではない。

胸元が悩ましいほど大きく隆起しており、女らしい丸みを描いている。

そして腰はくびれているのに、白いタイトミニスカートをピチピチに張りつかせるほどヒップはムチッとして、太ももは健康的な色気に満ちている。

たわわな胸のふくらみや、むっちりしたヒップの量感に、むせかえるような女の色気を匂わせる人妻は、五年ぶりの仕事復帰に高揚した気分で、朝食のハムエッグとパンをダイニングテーブルに並べながら、クスクスと笑った。

「なんだい?」

博が訊く。

「ううん。あなた、ちょっと太ったんじゃないかなあって思って」

真紀がイタズラっぽく言うと、

「ええ？　そんなことないよ」

と言いつつ、夫は無理矢理にお腹を引っ込める。

「ウフフ。だって、ここなんか……」

脇腹をギュッとつまむと、夫はくすぐったそうに身をよじる。

「やめろってば、これは、その……幸せ太りだよ、ママのおかげかなあ」

真顔で言われて、真紀は照れた。

からかわれているのはわかるのだが、面と向かって言われると、やはり顔がほころんでしまう。

夫は身体を寄せてきて、

「ママだって。このタイトスカートも久しぶりに穿いたんだろ？　お尻が大きくなっちゃって生地が破れそうだよ」

言いながら、夫の右手がギュッとスカート越しに、真紀の量感たっぷりの尻肉をつかむ。

「キャッ！　もうっ……」

真紀はびくっ、と身体を伸びあがらせ、ジロッと夫を睨んだ。

そんな真紀だが、久しぶりにタイトスカートを穿いてみて、二十代の頃の肉体とはだいぶ違うなあと、唖然としたのは確かだった。

先ほどブラウスを身につけ、タイトスカートに脚を通したときだ。

「……あん」

五年ぶりに穿いたタイトスカートが、お尻のところに引っかかって真紀は慌てた。

ウエストの部分は何も問題ない。むしろ少し緩いくらいだ。それなのに……。

姿見に自分の姿を映してみて、ハッとして顔を赤らめた。

(私のお尻ってこんなに大きかった?)

ヒップの肉の盛りあがりは、自分で見てもいやらしかった。

タイトスカートがはち切れんばかりに、妖しい丸みを描いている。

日々エクササイズは欠かさずやっているのだが、やはり年齢には勝てないということか。

ため息をついたときだった。

「ママー!」

五歳になる息子の拓人《たくと》が駆け寄ってくる。

真紀がしゃがんで両手を伸ばすと、息子の拓人は全力で抱きついてきて、頬にキスをしてくる。

「拓人、おばあちゃん、もうすぐ来るから、いい子にしてるのよ」

「うん！」

大きな瞳をキラキラ輝かせて、拓人は何度も頷く。

「今日も遅くなるんだっけ？」

夫が訊いてくる。

「ええ。母には伝えておいたから。あとは全部やってくれるわよ」

「助かるなあ、お義母さんが近くにいてくれて」

あくびをしながら夫が言う。

真紀はジャケットに袖を通し、ローパンプスを履いて、玄関を出た。

青空が眩しい。今日から久しぶりの現場とあって、気合いが入る反面、不安もあった。

(三十二歳の人妻が、痴漢の囮捜査なんて……うまくいくのかしら)

夫には「警察署で事務仕事」と伝えているのだが、本当の仕事は違う。

真紀は今日から新設の「性犯罪対策課」に捜査官として配属されたのだった。

スマホが内ポケットで震える。

取り出して表示を見る。

性犯罪対策課の課長となった麻生美佐子《あそうみさこ》からだった。

「もしもし」

『もしもし、K駅に向かってちょうだい。綾子《あやこ》ちゃんがハッキングしたの。おそらく今日、ヤツらの動きがあるわ』

美佐子が冷静に言う。

真紀はやれやれと思った。

「了解。ガマンできなくなったら、ぶちのめしていいんですよね、麻生課長」

真紀は柔和な人妻の顔から、それまで見せなかったクールな表情をつくる。

集団で痴漢するなんて最低の男たちだ。

つかまえるだけなんて許せない。

『派手にやらないでよ。課のお披露目は夕方なんだから。プレス発表の前に問題発覚とか洒落にならないわよ』

美佐子が呆れたような声を出す。

性犯罪や、性風俗の規律を守るという名目で生まれた「性犯罪対策課」は、警察庁肝煎りの新設部署だった。

なぜならこの部署は、女性警察官の再雇用制度のひとつに組み込まれており、警察の「働き方改革」のアピールの一環だからだ。

よって現在所属している七人はすべて警察官で、人妻なのである。

「でも、久しぶりの現場なんで、手加減できないかも」

『してよ。泣く子も黙る公安の女豹でしょう』

電話の向こうで美佐子が皮肉を言った。

「やだ……それやめてくださいっ」

真紀が怒ると、美佐子がクスクス笑った。

そのあだ名は勝手に一人歩きしたもので、真紀は辟易していた。

結婚する前、真紀が公安課にいたとき、水商売の女性に扮して、要人から情報を得ることを命じられた。その作戦がうまくいったことで、いつしか真紀は、美貌でハニトラをかます《公安の女豹》と言われるようになったのだった。

『ウフフ。ごめんなさい。でも本当に頼むわよ。これが失敗すると私の出世に響くのよ』

美佐子は警察官僚で、出世のことしか頭にない。とはいえ、公安課の先輩でもあるから頭があがらない。今回の仕事復帰も美佐子から頼まれたからだった。

「わかりました。なるべく静かにやります」

『頼むわよ。K駅についたら連絡を入れて』

囮捜査なんかやってもいいのかと思いつつも、公安でしていたことと遜色ないなと思い直した。

「わかりました。じゃあ後ほど」

電話が切れた。

そのとき、真紀はハッと思った。

下着、もう少し可愛いのにしてくればよかった。

ブラジャーもパンティも飾り気のないシンプルな白だ。

普段使いのくたびれた下着が痴漢の男の目にさらされると思うと、無性に恥ずかしくなってきた。

第一章　痴漢を逮捕

1

朝、K駅は出勤や通学の人間でごった返している。

大学生の瀬尾《せお》は駅に向かう道すがら、ラインのチャットを見て、早くも股間を熱くさせていた。

《セッシーさん、いましたよお。ターゲットは改札を通ってホームに向かってます。写メ送りますねえ》

送られてきた写真は、間違いなくあの女だった。

（おお、いたいた。やったぜ、ミニスカだ）

先週のことだ。

瀬尾は、いつものように大学に向かう朝の電車の中に、とにかく人目を引く美人を見つけた。

知的な上品さを感じさせるルックスは一級品だが、それだけではない。

着ていたスーツの胸元が悩ましいほど大きく隆起しており、女らしい丸みを描いていた。

腰はくびれているのに、タイトミニスカートをピチピチに張りつかせるほどヒップはムチッとして、太ももは健康的な色気に満ちていた。

左手に指輪をしているから人妻だろう。

歳は二十代後半から、三十代前半というところだ。

それから毎日、同じ時間帯の同じような場所で、電車に乗り込む彼女を目撃していた。

次のターゲットはあの人妻にきまりだと、女をこっそり撮影し、いつもの痴漢サイトに流したところ、

《うおっ、すげえ美人》

《スカートの尻がぷりっぷりしてるな。今までで一番いいかも》

《でもちょっと勝ち気そうじゃないか?》

《声出しちゃうタイプかもねえ》

《じゃあ、プランBでいきましょうよ》

写真を見たサイトのメンバーたちも興奮を隠せない。それだけ瀬尾の見つけたこの人妻が、いつにもまして上玉だということだ。

瀬尾が大学の先輩から教えられたこの痴漢闇サイトは、メンバーが順番にターゲットを申告し、集団でその標的を痴漢するのである。

もしターゲットの女性が騒いでも、他の人間たちが「冤罪」だと証言する。痴漢冤罪だと警察が責められるから、証人がいればすぐに訴えを取り消してくれる。おかげで瀬尾が参加してから半年、パクられた人間はひとりもいなかった。

瀬尾が改札に行くと、何人かの見知った男たちと目が合った。

あいつらの素性は何も知らない。

ただ、同じサイトのメンバーというだけだ。いったい何人いるのかもよくわからない。だからサイトさえバレなければ、結託しているとはバレないのだ。

(いた!)

写メのとおり、美しい人妻は紺色のジャケットに白いブラウス、そして紺色のタイトミニスカート姿であった。

モデルのようなすらっとしたスタイルで、服の上からでもプロポーションのよさがうかがえる。

思わず瀬尾は唾を呑み込んだ。

(しかし、いい女だよな。モデルか女優みてえだ)

瀬尾の目は、人妻のタイトミニからのぞく白い太ももに注がれた。ムッチリした悩ましい太ももだった。

人妻が階段をあがってホームに向かうのを、瀬尾たちも後ろからこっそりついていく。

太ももから、ふくらはぎにかけての形のよさや、歩くたびタイトスカートがはち切れんばかりにプリプリと左右に揺れる尻たぶの丸みが、男たちの目を吸い寄せて離さない。

瀬尾たちは、ホームで電車を待つ人妻を、少し距離を挟んで取り囲んだ。

ラッシュのピークで、ホームには電車を待つ列がひしめいている。

美しい人妻は痴漢の集団に狙われているとはつゆ知らず、いつものように淡々とスマホの画面を見つめている。

彼女の左耳にはイヤフォンがついていた。音楽でも聴いているのだろうか、余計に好都合だ。

電車がホームに入ってくる。

ドアが開いても降りるのは数人だけだ。

そこに大量の人間が流れ込んでいく。

瀬尾たちは人妻を取り囲んだまま、電車の奥へと入っていく。

満員電車が動き出した。

瀬尾は人妻の後ろに陣取っている。艶々の黒髪から、人妻の甘い匂いが漂ってくる。

噎《む》せるような匂いにくらくらしながら、さりげなく人妻のタイトスカート越しの双尻に手の甲を押しつける。

人妻は気づいた様子もなく、窓の外を見ている。

（よし、いくぞ）

瀬尾は思いきって手のひらを広げて、人妻のムチッと張ったヒップを撫でまわした。

（す、すげえ……）

人妻の尻の柔らかさと弾力が、スカートの生地越しに伝わってくる。

他にも手が伸びてきて、人妻の太ももや下腹部を触りまくる。

さすがの人妻も驚いたように顔をハッとあげる。

困ったように左右を向くが、とにかく人が多くて、まともに顔を向けられないようだ。

そのうち人妻の手が伸びてきて、ヒップを撫でまわす手を撥ねのけた。

だが、多勢に無勢である。

無数の手をすべてのけるわけにもいかず、そのうち抵抗する気力もなくなったのか、されるがままになっている。

どうやら、やり過ごそうと思っているらしい。

(ヒヒッ。奥さん、どこまでたえられるかなあ)

もし叫びそうになったら、後ろから手で口を塞ぐつもりだった。それがプランBだ。

しかし勝ち気だと思っていた人妻は、意外にも声を出さない。

ガラス窓に映る表情から、かなり恥ずかしそうに顔を真っ赤にしているのが見えた。

瀬尾はこっそりと背後から密着し、上から人妻の顔を覗き込んだ。

彼女は、今にも泣き出さんばかりに眉根を寄せ、時折つらそうに唇を噛みしめていた。

気丈に見えたが、痴漢に取り囲まれて声をあげるほどの勇敢さはないらしい。

これはラッキーだった。

瀬尾は思いきって、人妻のミニスカートの中に手を滑り込ませる。

人妻は「あっ……」という表情で、唇を開いて顎を跳ねあげた。

（くぅぅ……この奥さん、色っぽい顔するなあ……たまんねえや）

瀬尾は夢中になって、パンスト越しにヒップや太ももを撫でまわした。

ムチムチした太ももや、ヒップの揉み心地に瀬尾は陶然となる。これほどの美人をイタズラしたのは初めてだ。他の男たちの鼻息も荒い。

続けて瀬尾は、思いきってスカートの中の手を、前にまわした。

薄いパンストとパンティを通して、人妻の秘部の感触が指に伝わってくる。

指で押すと、ぐにゅ、と柔肉が沈み込むような感触があり、

「くぅぅ……」

と彼女が呻《うめ》くのが聞こえた。

(敏感なんだな、この奥さん……ヒヒッ、ようし本格的にやるか……)

瀬尾はパンストとパンティの上から、人妻のスリットを指でなぞりはじめた。

人妻は身体を揺すりはじめた。

もじもじとして、腰を逃がそうとする。

それでもしつこく触っていると、

「うっ……あっ……」

人妻の噛みしぼっていた唇から、感じたような声が漏れ聞こえはじめる。

(ヒヒヒ……こんなに感度のいい身体を持ってたら、触られてやり過ごすなんて無理だよなあ)

案の定、人妻の表情を覗き見れば、目元を朱色に染めて、ハアハアと荒い息を漏らしている。今にも感じた声があふれそうだった。

人妻の変化を他の男たちも感じ取ったらしい。

男たちの手が人妻のスカートの中で、いよいよナチュラルカラーのパンティストッキングとパンティを脱がしにかかっている。

さすがに彼女も、うつむいていた美貌をハッとさせ、脱がされまいと必死に身をよじって抵抗しはじめた。

電車が揺れ、人妻がバランスを崩したときだ。

パンティとパンストがひとつにまとめられて、ズリ下ろされたのが、瀬尾の視界に入った。

「あッ」

人妻はのけぞり、小さく声を漏らした。

だが満員電車の音で、その声はかき消されてしまう。

剝《む》き下ろされた白いパンティとパンストが、丸まって太ももの中ほどにからみついている。

「白いパンティか、いいね。清純そうな奥さんに似合うよ」

横にいた男が、人妻の耳元で囁いた。

なんて大胆なヤツだろう。

人妻はさすがに横の男を睨みつけている。

まずいな、声を出されるぞ。

そう思った瞬間、誰かの手が伸びてきて、人妻の口元を覆った。

「ムウ！　ンンッ」

人妻の大きな双眸が、恐怖に見開かれる。

同時に女の左右の手も、人妻の両脇から男たちにがっしりとつかまれ、抵抗を封じられた。

「ンンン……」

口を手で塞がれた人妻が、狼狽《うろた》えた表情を見せている。

（ヒヒヒ、ナイスだ）

瀬尾はほくそ笑んだ。

誰かの脚が人妻の太ももの間に割って入り、彼女は無理矢理に脚を開かされた。

瀬尾は心臓を高鳴らせながら、人妻のスカートの中に手を入れて、裸になった悩ましい尻や、柔らかな繁みの奥に息づく女の園を撫でまくった。

人妻の身体がビクッ、ビクッ、と震えて反応する。

「へへッ、奥さん。欲求不満なんだろ」

「そりゃそうだ。こんないいケツしてたら、旦那だけじゃ物足りねえだろ」

また男たちが囁いた。

普段だったら、話しかけたり口を塞いだりなんて大胆なことはしないが、この人妻が今までとは別格で美しすぎるのだ。

みな大胆になっている。

別の男の手が、人妻のブラウスの隙間から差し込まれて、ふくよかなふくらみを揉みしだきはじめた。

さらに横から手が伸びてきて、人妻の尻丘を鷲づかみにすると、容赦なく左右に割り広げて、アヌスまでをくつろげようとする。

（こりゃ、負けてらんねえぞ。この人妻に目をつけたのは俺が最初だ）

瀬尾はいよいよ閉じ合わさった肉の合わせ目に指を這わせて、陰唇の狭間を沿うように上下に動かした。

「くっ……！」

人妻はビクッと震えて、顔を跳ねあげる。

（おおっ！）

瀬尾の股間が、ますます硬さを増した。

肉襞をさする指先に、ぬるっ、ぬるっとした粘着性の蜜がまとわりついてきたからだ。

「痴漢されて、濡らしてるじゃないですか、奥さん」

背後から囁くと、口を塞がれた人妻が、肩越しにつらそうな目を向けてくる。

手で口を隠しているから、目元が強調されて色っぽさが増している。

たまらなくなって、膣の中まで指を入れる。すると、

「ンンッ!」

人妻は呻き声をあげて、顔をふるふると横に振りたくる。

(うわあ、すげえ……)

膣内の肉襞が柔らかく指を締めてきた。人妻の奥が、とろけるかと思うほどに熱くぬかるんでいる。

間違いない。

この美貌の人妻は痴漢されて感じているのだ。

もう遠慮はいらなかった。

瀬尾は指を二本にして、人妻の膣奥まで深く差し入れて、かき混ぜるようにまさぐった。

「ンンンッ……ンンッ」

女は逃げようと腰を引くも、そうはさせまいと誰かが腰をつかんだ。

蜜壺内の指を動かせば、ねちゅ、ねちゅ、という淫らな音とともに、発情した女の匂いが鼻先に漂ってくる。

他の男たちの指も人妻の前から後ろから、股間をまさぐりひしめきあっている。

瀬尾は指で人妻の恥部を攪拌しつつ、表情を覗き込んだ。

(や、やめて……ッ　ああ、助けて、誰か！)

人妻の目が恐怖に見開かれ、誰かに助けを求めているのが表情でわかった。

だが、実際には大きな手のひらで口元をふさがれて、悲鳴をあげることすらままならない。

手足も押さえられた上品な奥さんは、男たちのされるがままになるしかない。

「可愛い尻の穴じゃねえか」

男の声が聞こえて見ると、男の手が人妻のプリンッとしたナマ尻の桃割れをまさぐっている。

「へへ、いいおっぱいしてやがる」

別の男の手は、すでに人妻のブラウスのボタンを外し、ブラカップをたくしあげて、たわわな乳房をじっくりと揉み込んでいる。

瀬尾も負けじと人妻のおっぱいを後ろからやわやわと揉みしだく。

ピンクの乳頭は硬くせり出していて、ひねりつぶすように揉み込めば、

「ンーッ」

と、人妻は切なそうに呻き声を漏らし、がくんがくんと腰を震わせる。

と、同時に奥から甘蜜があふれ、挿入した瀬尾の指を濡らすのだ。

(おやあ、いやがらなくなってきたじゃん)

いや、それどころか人妻の腰がいやらしさを増し、まるでもっと深くとばかりに左右に振ってくる。

(嘘だろ……この奥さん、好き者か?)

火照った人妻の肌から、じっとりと脂汗がにじんでいる。

いつしか呼吸も荒くなっていて、吐き出されるハアハアという呼気が、男の指の隙間から漏れていた。

しかしそのときだ。ふと、瀬尾は違和感を覚えた。

なんだかこの人妻が、痴漢たちにわざと触らせているように思えたのだ。

いつものターゲットはもっと激しく暴れるのに……妙だ。

(いや、違うぞ。きっと感じまくって欲しがってるだけだ。この奥さん、かなりのドスケベなんだ)

瀬尾は気を取り直して、人妻に顔を寄せていく。

「ヒヒッ、オツユがこんなに出てきたぜ、奥さん」

瀬尾が調子に乗って耳元で囁くと、人妻が見あげてくる。

彼女は眉を切なそうにたわめ、目を細めていた。

潤んだ瞳が何かにすがりたいと切迫した様子を伝えてくる。瀬尾の興奮はピークに達した。

「ヒヒヒ。電車の中でイカせてやるぜ、奥さん」

瀬尾はもうまわりの目も気にならず、美しい人妻に夢中になってしまっていた。

この人妻は、もう俺たちのもんだ。

興奮した頭で妄想していたときだった。

人妻がいきなり鋭い目つきをして、肩越しに睨んできた。

今までの怯えた表情とは違う迫力に、瀬尾は一瞬たじろいだ。

一瞬のことだった。

女は横から口を押さえていたサラリーマンの脇に、鋭く肘を入れる。

「ぐっ……」

男がよろめいた隙に、女は口元の手を外した。

「ああん……もう！　気持ち悪いったら……指まで入れてくるなんて……あなたたち、最低よ」

人妻がいきなり叫んだ。

そのときだった。

「痴漢の現行犯よ！　動かないで！」

後ろにいた別の女が声を出した。

ハッとしたときには、まわりにいた女たちが、メンバーの男たちの手をひねって手錠をかけていた。

「携帯を押収して！　証拠品よ」

他の女が叫んだ。

（しまった。警察か？）

瀬尾が慌てていると、まわりから、

「俺じゃない、間違いだ」

「冤罪だ」

と叫んでいる男たちの声が聞こえた。

（そうだ、全員で口裏を合わせて、やっていないと証言すればいい）

あのサイトさえバレなければ、しらばっくれられる。

瀬尾がズボンのポケットに手を入れ、携帯を出したときだ。

いきなり誰かに脚を刈られて、電車の床にしたたか腰を打ってしまう。

腰をさすりながら見あげると、あの美しい人妻が見下ろしていて、瀬尾の携帯は奪われてしまう。

「覚悟しなさいよ。強制わいせつの実刑よ。民事で慰謝料ふんだくられるわよ」

「ま、まさか、あんたも警察?」

瀬尾が言うと、人妻はドキッとするような可愛い笑みを漏らす。

「さあ、どうかしらね。まあ、あとのことは署でお話ししなさい。あっ、しばらくは大学にはいけないわよ。瀬尾くん」

瀬尾はドキッとした。

(やべえ、全部バレてる)

慌てて逃げようとしたときだ。人妻に手首をひねられ、体重をかけられた。

「いてててて!」

瀬尾は見事に取り押さえられて、身動きを封じられる。

バタバタともがくのだが、余計に手首に痛みが走る。

(つ、つええ……くっそ……)

「観念しなさいね、いい子だから」

女がぴしゃりという。

「あんた、本当に何もんなんだよ……」

瀬尾が聞くも、人妻は笑みを浮かべるだけだ。

「こんなに強くて、色っぽいのが警察か。ファンになっちゃうなあ。あのさ、せめて名前を……って、いててててて！」

耳をつねられた。

「よかったわねえ。私が現役だったら、片耳ぐらいちぎってるわよ。でも、派手なことはダメッて言われてるから、勘弁してあげる」

人妻が冷たい笑みを漏らした。

その目が本気っぽかったので、瀬尾は震えあがった。

2

その日の夕方。

真紀が性犯罪対策課のオフィスに戻ると、新しい職場の同僚たちは、みな壁掛けのモニターを食い入るように見つめていた。

真紀の姿をみな、ちらりと見ただけで声をかけてくる人間はいない。

《公安の女豹》をどう扱っていいものか——。

いまだ、手探りといったところだ。

「……すでにニュース等でご承知の通り、女性の働き方改革のひとつとして、警察庁では新たに性犯罪対策課を設けました」

アナウンサーが喋っていると、モニターの中で、麻生美佐子が颯爽と記者会見場に現れた。

フラッシュが一斉にたかれた。

警察庁の新設部署のプレス発表がここまで盛大なのは、朝方に痴漢サイトの一斉摘発を行ったのが効いているのだろう。

本来は鉄警（鉄道警察）の管轄だが、上層部が性犯罪対策課にむりくり手柄を与えるため、今回だけこっちにまわしてくれたらしい。

「せやけど、課長さん、べっぴんやで、こういうときに映えるねえ。見てよ、あのカメラマン。絶対に課長のおっぱいの谷間を狙ろうてはるわ」

煎餅をぽりぽりしながらモニターを見ているのは、木下《きのした》理恵《りえ》。

元生活安全課の五十六歳。関西出身の典型的なおばちゃんの雰囲気だが、風俗街にはちょっとしたコネがあり、夜の街に詳しいらしい。

「私も一緒に行けばよかったあ。水着で出たらインパクトあったのになあ」

栗色のセミロングヘアに褐色の肌。Tシャツにジーンズ姿の倉持亜美《くらもちあみ》は、元保安課の二十八歳。

「そんなことしたら、メチャクチャにネットとかで叩かれますよ」

冷静に言いながらノートパソコンを打っているのは、三浦綾子《みうらあやこ》、三十歳。眼鏡の似合うなかなかの美人は、情報通信課からの派遣だ。誰に対しても辛辣なことを言うので、ちょっと煙たがられている。

「まあ、昔から美佐子はこういうの好きだしねえ」

大柄で元柔道の日本チャンピオンという大熊小百合《おおくまさゆり》は、元保安課で麻薬密輸などの摘発をしていたバリバリの武闘派だ。課長の美佐子と同期の四十二歳で姉御肌タイプである。

そこにもうひとり、新人捜査官の仁藤千佳《にとうちか》が入ってきた。

警察学校を出たばかりの二十四歳。ショートヘアの黒髪が似合う丸顔で、大きくて、クリッとした黒目がちな瞳がなんともいえず愛らしい。

ちなみになんでその若さで抜擢されたのかよくわかっていないのだが、この年で結婚しているから、というだけで選ばれたんじゃないかなと真紀はひそかに思っている。

「あっ、もう始まっちゃったんですか?」

千佳が可愛らしいアニメ声で言いながら、パタパタと走り寄ってきて、みなの座る背後から画面を見た。

「すごーい。課長、ちょっとかっこよくないですか? 私もあんな風になりたいなあ」

と、邪気のない笑顔で語るものだから、みながちょっと気の毒そうな目を千佳に向ける。

警察が純粋な正義の味方ではないということは、ちょっと勤務すればすぐにわかってくる。

そして最後にモニターの向こうで熱弁をふるうのが課長の麻生美佐子。四十二歳。

黒のストレートヘアに、タレ目がちで優しげな双眸。笑うと目尻が下がって、捜査官とは思えぬ柔和な雰囲気を醸し出す。

落ち着いた和風美人で、一見するとほんわかとした美熟女なのだが、そこはキャリアの警察官僚で、実は計算高いところがある。真紀のことを《公安の女豹》と皮肉交じりにいうくせに、スーツの胸元は真紀よりも大きく、ヒップもボリュームがある。肉感的で色っぽく、しかも抜け目のない美佐子こそ、女豹ではないかと真紀は考えていた。

以上、自分も含めた七人は、警察の働き方改革に沿ってみな既婚者である。さしづめ「七人の人妻捜査官」というところだろうか。

だが正直に言うと、ちょっと頼りない面子である。まあお飾りで集められたのだから、こんなものだろう。

まあでもいいか、と真紀は開き直る。

か弱い女性を助けたいという強い気持ちは、自分が持っていればいいだけなのだから。

3

一週間後の夜。

ふたりの捜査官、真紀と千佳は、性犯罪対策課のある新宿北署を出て、風俗街に向かって歩いていた。

「真紀先輩、私が潜入捜査なんかしてもいいんでしょうか?」

署を出るなり、千佳が不安げに訊いてきた。

真紀は歩きながら、彼女の姿を改めて見た。

千佳のグレーのスーツ姿は、就職活動をしているOLのように初々しい。ショートヘアがボーイッシュな雰囲気を醸し出し、アイドルさながらの愛らしさを見せている。

これで二十四歳の人妻なのだから、かなりの童顔だ。高校生くらいなら余裕で化けられるだろう。

「いいも悪いも……もし、いやだったら……」

真紀が言うと、千佳はクリッとした目を向けてきて、

「違うんです。いやとかじゃなくて、私みたいな新人がやってもいいのかなあって。私、真紀先輩が憧れでしたから」

「憧れ?」

「はい! 公安課にすごい人がいるって聞いていて」

元気な返事がきて、うーん、と真紀は唸った。

「公安の捜査官なんて、ろくでもないわよ。警察内部にも潜り込むし。いやらしいところや危ないところだって……ちなみにこれから行く『セクキャバ』って、どういうところかわかってる？」

訊くと、千佳は「えーと」と少し考えるようにいう。

説明受けていないのか、と真紀は呆れた。

性犯罪対策課の初案件は「アップルスイート」というキャバクラで、店のツケが回収できないと、客との愛人契約を強引に結ばされるという、とんでもない違法店という話だった。

店に勤めているキャバクラ嬢のタレコミにより発覚したのだが、店側の言い分としては、借金による愛人関係は本人同士の話なので民事で、だから警察は民事不介入と謳っているらしい。

そこで性犯罪対策課の出番で、どうにか潜り込んで証拠をつかんでこいという、非合法の捜査案件であった。

（まあ、それが手っ取り早いんだろうけど、しかし、美佐子さんも早く手柄が欲しいからって、無茶しすぎよねえ）

よほどこの新設の課でアピールしておきたいのだろう。

まあ自分も、女性を食い物にするヤツラを潰せるなら、囮捜査でもいいかと思っているから、利害関係は一致している。

「セクって、セクシーの略ですよね。わかった。すごくセクシーな衣装で男性とおしゃべりするんですね」

たっぷり二分は考えてから、千佳が回答した。

「簡単に言えばおさわりのあるなしかしら。セクシーなボディタッチがあるから、セクキャバ」

「お、おさわり？　それって風俗じゃあ……」

千佳が顔を赤らめる。

可愛い。でも気の毒だ。

「あくまでお客さんと女の子が、ちょっとハメを外しちゃったっていう体よ。おっぱいを触ったり、お尻を撫でたり……」

言うと、千佳はますます大きな目を宙に泳がせて、もう湯気がでるかと思うほどに赤くなった。

「あら、でもピンサロ潜入とかよりはマシよ。あれはアソコに指を入れさせて、アレをおしゃぶりしたりするんだから」

「お、おしゃぶ……」

千佳は途中まで口にしてから、真っ赤になってうつむき、口をつぐんだ。

こういうときは現実を見せた方がいい。まあ、これで辞めるのなら仕方がないというところだろう。

(美佐子さんも、もう少し説明してあげればいいのに)

真紀はため息をついた。

「ね？　そんなことできないでしょう？　悪いことはいわないから……」

ところがだ。

「お、おしゃぶりします」

千佳がパッと顔をあげ、キラキラした目を向けてきた。

「は？」

「私、任務のためだったら、身体を使うことだって……あのタレコミした女の子があんなに怯えていたし……私、口惜しいんです。そんな卑劣な組織、さっさとつぶさないと」

千佳が悲壮な決意をにじませる。

真紀は驚いた。

かっこいいという憧れだけでなく、捜査官になったちゃんとした理由が、千佳にはあったのだ。

「その気持ちは私も同じよ。でも、一線は守った方がいいわ」

「え？」

千佳が心外な顔をした。

「あなたはまだ新婚でしょう？　ううん、そうでなくても、潜入捜査で絶対に貞操は守って欲しい。それがなくなったら、ずるずると深入りしてしまうから」

千佳は少し戸惑いつつも、「はい」と元気よく頷いた。

4

まだ宵の口だというのに、風俗街はすでにケバケバしいネオンが瞬いて、客引きもまばらに現れはじめている。

目当ての違法風俗店は、人通りの少ない裏通りにあった。

寂れたビルの三階だ。ビルの看板には「アップルスイート」の名がある。

一階はいまにも潰れそうな中華料理店で、怪しさ満点である。

ホームページを見ると、女の子の容姿のレベルは高かった。

タレコミした女の子からの情報によると、誰でも彼でも愛人にするわけではなくて、これと決めた子だけに愛人契約を結ばせるらしい。

「大丈夫？　千佳ちゃん」

真紀が千佳の背をさする。

顔から血の気が引いていて、このまま倒れてしまいそうである。

一応、今日は面接だけらしいから、危ないことはないと思うが……面接が終わったら、千佳には別の案件を担当してもらおう。

ビルの中に入り、エレベーターで上に行く。

三階に着いて扉が開くと、そこはもう店の入り口だった。

「いらっしゃいませ。面接のかたですね」

若いボーイが出てきて頭を下げる。思った以上に丁寧な対応だった。

指名料金込みで一セット四十分一万五千円。

まああの高級店だけあって、社員教育も行き届いているようだった。

「どうぞこちらへ」

ボーイが先導する。

店内までの通路は薄暗く、シンプルな内装が逆に高級感を出している。

中に入ると、広い店内の席のひとつひとつに衝立があって、個室のように視界が遮られている。

普通のクラブやキャバクラと違うのは、この部分だろう。

女の子たちがすでに何人かいて、すれ違いざま、真紀と千佳のふたりをジロジロと値踏みするように見つめてきた。

若い子もいれば、それなりの年齢の子もいる。

この店の年齢層は意外と高いというので、真紀もかり出されたわけだが、確かにベテランぽい子も数人いる。

ふたりは店内の奥の個室に案内された。

「えーと、相田真紀子さん」

ボーイがふたりの顔を交互に見る。

「私です」

真紀が声をあげる。もちろん偽名だ。咄嗟に返事できるように、本名に近い名前にしているが、どうせ源氏名をつけられるのだろう。

「店のマネージャーが参りますので、真紀子さんはこちらのソファでお待ちください。仁科千佳子さんは、こちらへ」

若いボーイは千佳の偽名を口にして、別のところに移動しようとする。

真紀は慌てた。

「あ、あの……ふたり一緒に面接じゃないんですか？」

訊くと、ボーイはちょっとニヤニヤし、

「いえ、別々です。一緒だと恥ずかしいんじゃないかと」

暗に「恥ずかしいことをされる」と宣言された。

千佳がこちらを見て、すがるような目でイヤイヤする。

（……ごめんね。脱がされたりまではされないと思うから。触られるかもしれないけど）

という気持ちで見つめ返すと、千佳は意をくんだらしく少しショックをうけて顔を強張らせた。

「じゃあ、千佳子さんはこちらへ」

千佳が若いボーイに引きずられていくように連れていかれる。

売られていく子牛のような、妙に哀しい目をしていた。

大丈夫だろうか。

やっぱり彼女は面接だけで終わりにさせよう。

真紀は個室に入り、ソファに座る。

かなりクッションが柔らかくて身体が沈む。

タイトミニスカートがズレあがって、太ももがかなりきわどいところまで見えてしまい、真紀は慌ててタイトミニを引っ張る。

そのときにちょうど目つきの鋭い、細身の男が顔を出した。

男の視線が真紀のスカートの奥に注がれた。パンティストッキング越しのパンティまで見えてしまったかもしれない。

今日は夫にも見せたことのない黒のパンティを穿いてきている。

真紀は顔を赤らめながら、頭を下げた。

男が隣に座り、真紀の全身に視線を這わせていく。

男の視線は真紀のブラウスの胸元を探り、腰のくびれ、そしてタイトミニスカートから伸びる太ももにからみついていく。

（いやらしい……そんなに見ないで……）

真紀は視姦されている気分になり、太ももをギュッと綴じ合わせた。男は強面の表情をわずかに緩めた。

「奥さん、美人だねえ。奥さんだったらトップ張れるよ。ウチは給料もいいし、風俗とは違うからその点も安心できるし、わるくないと思うよ。優良店だし」

語り口はソフトだった。男は名刺を出す。

〈永尾《ながお》コーポレーション不動産、永尾晃《あきら》〉とある。

店のバックは不動産屋だと聞いているが、おそらくダミー会社だろう。

ケツモチはまだ調査中だ。

永尾は真紀が用意した履歴書をざっと眺めると、

「たしか、旦那に黙って男に貢いだんだよね。いくら?」

鋭い目で見つめられる。真紀は演技のために目を伏せた。金にだらしない女と見せるためだ。

「三百万円です」

「三百か。それはたいへんだ。だけどウチならすぐ返せるよ。早く返したいよねえ」

「は、はい」

「プレミアにしてあげる」

永尾が言った。

ホームページで事前に調べておいたからわかる。

プレミアがつく女の子は料金が高くなっている。なんとなく気分が少しよくなった。

だが一応、知らないフリをする。

「プレミアってなんですか……?」

「奥さん、上玉だからさ。この店は容姿がいい女は料金が高くなるんだわ。その分、給料もいいよ」

「ホントですか、ありがとうございます」

頭を下げる。永尾がニヤニヤした顔で、胸元や腰のあたりを見つめてくる。

「まあ、ちょっとすることも多くなるんだけどさ」

いやな予感がした。

「あの……なにをするんでしょうか? 触られたりするのはわかるんですが、男性に奉仕するのはちょっと……」

永尾が目を細めた。

「確かにウチはヌキはなし。だけどさ、ハッスルタイムはしっかりやってもらわないと」

「ハッスルタイム？」

真紀が聞く。その単語は本当に知らなかった。

永尾はまたニヤニヤした。

ソフトな口調とは裏腹に、眼光は鋭い。

狡猾さがにじみ出ている。

「脚を開いて、俺のここに跨がってみて。それがハッスルタイム」

永尾が自分の股間を指差した。

「え……？」

真紀が戸惑っていると、永尾は意外そうな顔をする。

「それくらい、どうってことないでしょ。ちょっと跨がってみな」

ソフトだが有無を言わさない鋭さがある。

ゾクッとした。

「そんな……」

カアッと顔が熱くなる。演技ではない恥ずかしさだ。

（そんなのあるの？　ああん、知らなかったわ）

最近の風俗や夜の店のことは、ひととおり倉持亜美から聞いている。だが、セクキャバにそんな羞恥プレイがあるとは知らなかった。

(ちょっとおっぱい触らせるくらいって聞いてたのに……千佳ちゃん、大丈夫……じゃないわよね)

心配していたら、離れたところから千佳の悲鳴が聞こえた。

うーん、せめてもう少しラクなところから、任務させてあげればよかった。

「ほら、スカートをまくって。パンストはそのままでいいから」

いつの間にか永尾が命令口調になっている。ここで断るわけにはいかないだろう。

気持ちの整理はつかないが、真紀はセミロングの黒髪をかきあげ、永尾の前に立った。

永尾を見下ろし、真紀はハッとした。

ズボンの股間が盛りあがっている。

慌てて視線を泳がすも、カアッと身体が熱くなってしまう。

「いいねえ、奥さん。三十二歳だっけ？　経験は少ないのかな、恥じらう顔がそそるねえ。人気出るよ、あんた」

ククッと含み笑いをされた。ゾッと背筋に怖気が走る。

（ああ……いやっ……）

夫の顔がどうしても浮かんでしまう。

仕事中は考えないと思ったのに、やはり身体をさらしたり、触られたりすると思うと羞恥に身体が震える。

（ごめんなさい、あなた……これは任務なの。今でも泣いている女の子がいるのよ、助けないと……）

真紀は唇を嚙みしめ、顔をそむけながら、ソファに座って待ちかまえる永尾の膝に手をやって、脚を開いて跨がっていく。

「おお、いいねえ。たまらんよ。商売でなけりゃ、今すぐブチこんでやりたいぐらいだ。おっぱいや尻が大きくて、腰も十分くびれていい身体してる。それに水商売ズレしてないのがいいなあ。ほら、もっと密着するんだよ」

手を引かれて、強引に抱っこされ、腰に手をまわされる。

（くうう……い、いや……）

薄いパンストとパンティの生地を通して、男の性器の感触がはっきりと伝わってくる。硬くて熱い肉棒は、ズボン越しにもドクドクと脈動し、パンティの奥の秘めたる柔肉を刺激する。

永尾は真紀の顔を覗き込みつつ、細腰を両手で持ちながら下から腰を揺すってきた。

「あっ……なにを……い、いやっ……」

真紀はかぶりを振り立てる。パンティの上から剛直がこすられて、スリットの部分が刺激されてしまう。

「あ……あンッ……だめです、よしてください」

敏感なクリトリスにも当たって、真紀はビクンッと身体を震わせる。永尾の目の前で、ブラウス越しながらも乳房を揺らしてしまうのが恥ずかしい。

「ククッ、奥さん、感度もいいみたいだなあ。ほら、両手を俺の首にまわすんだよ。それで恋人同士のように、色っぽく見つめてくるんだ」

真紀は仕方なく、両手を永尾の首に巻きつけて、じっと見つめた。

まるで対面座位でセックスしているみたいではないか。

いやなのに……降りたいのに……任務のためだと思えば、ガマンするしかない。

「もっと色っぽく誘惑するんだよ、奥さん。まあでも、そういういやがる素振りも悪くないか。ほら、自分からも腰を振って」

永尾の突きあげが大きくなり、秘肉の合わせ目が布越しにこすられる。

「あっ……あっ……」

漏れそうになる声を、真紀は唇を噛みしめて、やり過ごそうとする。真紀は永尾の腰に跨がりながら、何度もかぶりを振る。自然と眉根を寄せてしまうのが恥ずかしい。

その表情を見つめていた永尾が、今度は視線を下に持っていく。白いブラウス越しの巨大なふくらみをじっくりと見つめられてしまう。

「でかいなあ。プロポーションもバツグンだね。スリーサイズはいくつだい、奥さん」

永尾の声に熱がこもる。みだらな欲情を孕んだ男の台詞に、これが面接なのかと真紀の頭に疑問が湧く。

「聞こえなかったかい？　バスト、ウエスト、ヒップのサイズだよ、奥さん」

「……さ、最近計ってませんから……」

真紀はうつむきながら、嘘を言う。だが、

「嘘だろう？　これだけ体形に気をつけている人妻が、サイズを知らないわけはないだろう。ねえ、奥さん。さっさとすましましょうよ。でないと、もっといろいろ聞かなきゃいけなくなる」

永尾がニヤニヤしながら見つめてくる。真紀はちらりとその顔を見てから、小声で囁く。

「は、八十八、五十八、九十二……」

嘘のサイズを言えばいいものを、咄嗟には思いつかなくて、実際のスリーサイズを吐露してしまう。

永尾はひゅう、と口笛を吹いた。

「九十二センチの尻はすごいな。どうりでずっしりと重いと思ったよ。まさに熟れ頃って感じで、いいケツしてる。八十八センチのバストもたまらんな。旦那がうらやましいねえ」

永尾は舌舐めずりをして、続ける。

「じゃあブラウスのボタンを外して、ブラジャーをたくしあげな。色っぽくやるんだよ、奥さん」

「え？」

永尾の言葉に、真紀はハッと美しい顔を強張らせる。

永尾は真紀を腰に抱きながら、爬虫類のような目をさらに細める。

「セクキャバなんだよ、奥さん。おっぱいぐらい見せないと。奥さんは水商売初めてなんだから、面接でもやる気のあるところを見せてもらわないと」

強気で言われて、引っ込めなくなってしまった。

千佳の安否が気遣われるが、こちらもそこまで覚悟してなかったから、かなりのピンチだった。

（ああ……あなた……ごめんなさい……）

任務となれば風俗にも潜る覚悟はできているつもりだ。

真紀は唇を嚙みしめるも、やがて黙ったまま、ブラウスのボタンを外しはじめる。

5

男の視線が、胸元に集中する。

真紀は震える手で前ボタンを外し、ブラウスの裾をスカートから抜き取り、肩から外して下に落とした。

黒のブラジャーに包まれたふくらみが、男の目の前で露わになる。

「ひょお……すげえな……これが八十八センチか。カップは？」

「……エ、Fカップ」

もうここまできて隠しようがなかった。

男の膝の上に抱っこされたまま、乳房をさらけ出して、バストサイズまで教えている。恥辱で真紀の顔は朱色に染まった。

永尾はニヤニヤと、真紀の肢体を舐めるように見つめている。

黒のブラジャーに包まれたふくらみは、深い谷間を見せてフルカップのブラジャーからも乳肉がハミ出しそうなほどだ。

黒のブラは若い頃のモノなので、今のバストサイズに合っていないのだ。

「さあ、ブラジャーをたくしあげて、おっぱいを見せな」

永尾はニヤリ笑う。

真紀は睨みつけるが、しかし、無駄だとわかってブラカップに手をやった。切なげな深いため息をつき、顔をそむけてギュッと目をつむった。

「うう……」

悲痛に呻きながらも、自らブラカップをたくしあげる。

ぷるんとした張りのある乳房がまろび出た。

静脈が透けて見えるほどの白い乳肉。

その頂きに清らかなピンク色の乳頭がある。三十二歳の人妻とは思えぬ美しいバストは、ひそかに真紀の自慢でもあった。

「ずいぶんと可愛い乳首をしてるんだなあ」

永尾が興奮でうわずった声を漏らす。

（あっ……）

男の股間を跨いでいた真紀が、ピクンと震えた。

永尾の股間がギンと硬くなり、パンティストッキングとパンティの薄い布越しに、恥ずかしい部分を刺激してきたのだ。

（ダメッ……感じるなんて、だめよ……）

真紀は懸命に自分に言い聞かせる。

演技で感じたフリをするのはいいが、本当に感じてしまうのは夫に顔向けできない。

しかしだ。

永尾は鋭い眼光で、膝の上に抱いた人妻の表情を見つめてくる。

「奥さん、マジで感じてもいいんだよ。その方が客は喜ぶ」

（やだ、演技しようとしているのがバレた……？）

戸惑う真紀を尻目に、永尾は手に余る大きさの柔らかいふくらみを下から、すくいあげるように揉みしだいてきた。

「くッ……！」

真紀は抵抗しそうになるが、しかし慌てて手を引っ込めた。

「おお、柔らかいのに、弾力があって指を押し返してくる。美人なだけじゃないな。身体も極上じゃないか」

真紀の表情を下から覗き込みつつ、男は続けざま、指を乳房に食い込ませる。

「うっ……」

真紀は再び顔をそむけて目をつむる。

永尾はクククッと笑いながら、Fカップのバストの弾力や柔らかさを確かめるように、じっくり指を這わせてくる。

豊満なバストは夫もキレイだと褒めてくれる。

それを他の男に……しかも違法風俗店の卑劣な男に、形や揉み心地を確かめるようにイタズラされている。

屈辱と恥辱に頭が沸騰しそうだった。

永尾が、今度は両手を使い、ムギュ、ムギュと遠慮なしに乳房を揉みくちゃにする。

「んっ……んんっ……」

横を向いた真紀の顔が、次第に恥ずかしそうに赤く染まっていく。

その間にも永尾は腰を揺すってきて、ズボン越しの硬くなったふくらみで、パンティの奥の柔肉を刺激してくる。

「ふうむ。巨乳のわりに、おっぱいの感度もいいみたいだな。フフフ、感じてきたんじゃないの？」

言われて真紀は、ハッとしたような顔をした。

おっぱいと恥部を同時に責められて、身体の芯が熱くなってきているのを感じたからであった。

（だめよ、真紀……感じてはいけないわ。やり過ごすのよ……）

真紀はかぶりを左右に振り立て、強く奥歯を噛みしめる。

「ククッ、そうかね。じゃあ、これは……？」

男の指が、ピンクの乳首をつまみ、やさしく指で揉み込んできた。

「あうう！　い、いやっ！」

たまらず真紀は悲鳴をあげ、赤らんだ顔を左右に激しく振りたくった。

「フフフ、先っぽが硬くなってきたじゃないか。ちょっと触れただけでシコってくるなんて……いいぞ、これは客が喜ぶな」

「ち、違います。そ、そんな……」

「感じてないっていうのかい？　恥ずかしがらなくてもいいんだよ、奥さん。感じやすい身体ってのは、演技っぽくなくていいんだよ」

対面座位で膝の上に人妻を跨がらせながら、永尾は背を丸め、硬くなった乳房にむしゃぶりついてきた。

「ああっ、い、いやっ！」

いきなり乳首を口に含まれ、真紀はたまらず悲鳴をあげて背をそらした。

後ろに倒れ込みそうになるのを、永尾に抱きすくめられた。

ギュッと抱きつかれながら、じっくりと乳頭を舌で愛撫される。

「ああっ……そ、そんな……いやっ……あああ……」

おぞましい男の口に入れられ、べちょべちょした舌で舐め転がされる。

とてもじっとなどしていられない。

真紀は悲鳴をあげながら、必死に身をよじる。

「ククッ……ほうら、腰を揺するんだよ。働きたいんだろう？　金が欲しいんだろう？」

永尾は口に含んでいた真紀の乳頭をちゅるっ、と吐き出す。美乳の先は男の唾液でぬらぬらと濡れ光っている。

真紀は何度も顔を横に振る。額がじっとりと汗ばんできた。

「ああ……も、もう、よろしいんじゃないですか？」

ハアハアと荒い息を漏らしながら、真紀は切実な表情で永尾を見つめる。

「まだだよ。奥さんは美人だからねえ。じっくりと調べないと」

永尾の指が、すっと、まくれあがったタイトミニの中に潜り込み、股間に入ってきた。パンストとパンティの上から、ワレ目とともにクリトリスを揉んだ。

「あ、あんッ」

思わず甘い声を漏らして、真紀は背をのけぞらせる。

身体に電流が走り、ゾクゾクした痺れが広がっていく。

「そ、そこは……そこは触れないハズです」

「興奮して触ってくる男だっているかもしれない。客をその気にさせつつ拒絶するのがルールだが、気分が出てきたなら、そのまま触らせてもいいんだよ」

「そんなっ！　あ、あんっ……い、いやっ……」

いやといいながら、腰を揺すられて押しあげられるたびに、熱い愉悦が真紀の理性をとろけさせていく。

（こんなことで、感じるなんて……）

反応すまいとしているのだが、三十二歳の女盛りの肉体が反応してしまうのをどうにもとめられないのが口惜しかった。

しかもだ。

その肉体の変化を、永尾が見逃すはずはなかった。

「ククク、いいぞ。気分出してきたじゃないか。いやだいやだといいながら、嬉しそうに腰を使ってくる」

「そ、そんなことしてません……あんっ、も、もうやめて……あ、あんっ……」

否定したものの、ねっとりとした男の指の動かし方と、腰の激しい突きあげで肉体が翻弄されつつあるのは間違いなかった。

「フフ……旦那さんとも、こうやって上になってハメてるんだろう？」

「う……ううん……ち、違うわ……そ、そんなこと……」

夫との営みは口にしたくなかった。だが、夫のことを考えれば考えるほど、

（あなた、ごめんなさい……）

と罪悪感が身体を疼かせて、腰の動きには妖しい悩ましさを帯びていく。

いけないとわかっている。

だが対面座位という恥ずかしい体位にされて、昂ぶってしまう自分をどうすることもできない。

下から突かれ、ワレ目を指でねぶられながら、また乳首を舌で弄《もてあそ》ばれる。

「くうう……あんっ……」

(だめっ！　そんな……)

感じてはいけないと思うのに、真紀は美しいS字を描くボディを、くねらせて身悶えた。

真紀を抱っこしながら、乳首をねろねろと舐めしゃぶっていた永尾が、真紀のとろんとしてきた顔を見て、ニヤリと笑った。

「しかし、いい身体だ。ムチムチしていて色っぽくて。旦那もこれなら毎日抱きたいと思うだろうね。夜の営みは、週三くらいかい？」

「そんな、そんなこと……あんっ……ああっ……ああ……」

真紀はついつい感じた声を漏らしてしまい、狂おしくかぶりを振った。

面接という名のイタズラをされながら、夫婦の性生活を訊かれるなんて……。

「答えるんだよ、奥さん」

「うう、し、知りません」

真紀がしらを切ると、永尾はさらに強く腰を揺すってくる。

「ああんっ！　いやっ……だ、だめっ……だめですっ」

「フフフ、いいぞ、奥さん……おやあ、パンティが湿ってきたな。濡れやすいんだな。これはいいぞ」

「そんな……ああんっ……ああんっ……」

否定するも、先ほどから子宮が疼いて仕方がなかった。

搔痒感が身体の奥から湧きあがってきて、どっと新鮮な花蜜がワレ目からパンティにあふれてくるのを感じていた。

（ああ……ぬ、濡らすなんて……）

真紀はイヤイヤした。

「たまらんな……こんなに俺が興奮するとは……いいんだぞ、奥さん。俺の前でイッたところを見せてくれても」

永尾は興奮気味に言い、腰の動きをますます加速させる。

このままズボンのファスナーを開けて、挿入されてしまうのではないか？

そんなこと考えたくもないのに、なぜか犯されたときのことを考えてしまう。

しかもだ。

挿入を頭に描くとまた、花芯が疼いて愉悦が押しあがってくる。

「い、いやっ……そ、そんな、ああう……あぁんっ……ああぁん」

人妻の声はますます色っぽい音色に変わり、自らヒップを前後にくねくねと揺らしてしまう。

(だめっ……あああっ……だめっ……どうしてっ！)

なのに、それをやめることができない。

「ククッ、いいぞ。その調子で腰をすり寄せてくるんだよ、奥さん」

永尾は鼻息荒く、ぐいぐいとズボン越しの剛直を、パンティとパンスト越しのワレ目にこすりつけ、同時に乳首をチュゥゥと吸い立ててくる。

とたんにツーンとした疼きが乳首から全身に広がっていき、うねる腰つきがますます大胆になっていく。

(ああ、あなた……あなた……)

愛する夫のことを考えると、頭が焼き切れそうな羞恥を感じる。

真紀は公安のときにも身体を使ったことはあったが、貞操は守っていた。

結ばれたのは夫が初めてだ。今まで経験人数は夫だけなのだ。

だから、どんなことをされても演技で通すつもりだった。

それなのに肉体が本気で反応していることを自覚して、絶望感が深くなっていく。

初めて会う男に弄ばれて、パンティをジクジク濡らすほどに花蜜をあふれさせてしまう。

みっともなくて泣いてしまいそうだった。

「素敵だよ、奥さん。このまま挿入《い》れたいくらいだ。欲しいんだろう?」

乳頭を舐め転がしていた永尾が、下から見つめてくる。

「そ、そんな……そんなこと……ンンンッ!」

狼狽えている隙に、唇を奪われた。

真紀は大きな双眸をさらに見開いて、ぶるぶると戦慄《おのの》く。

(ああ! キスまでされて……いやあああ……)

いやなのに、振りほどきたいのに、唇のあわいから舌を差し入れられ、くちゅくちゅと歯茎や頬粘膜を舌先で舐められると意識がぼうっとして、抵抗する気力が失われていく。

「んううう……んんうっ……」

いつしか、ねちねちと舌をからませるディープキスになり、真紀はうっとりと鼻奥からくぐもった声を漏らしてしまう。

（ああ……だ、だめっ……）

乳首が充血して、ビンビンに張っている。

子宮がジクジクと疼いて、どうにかして欲しいと、大胆に腰を揺らして永尾の硬くなったふくらみに、こすりつけてしまっている。

永尾は深いキスをしながら、真紀の硬くなった乳首をコリコリと指でつまみあげて押しつぶし、下では跨がった真紀の恥肉を、男性器のふくらみでぐいぐいと刺激する。

「あああんっ……ああ……あああっ……うぅぅん……いやっ……あああん……」

真紀はもうキスもしていられなくなって唇をほどき、顎をせりあげて大きくのけぞった。

唇を奪われたショックは大きい。

しかし、それよりも気持ちよさが勝ってきてしまう。

「キ、キスは……キスはしない約束です」

ぼうっとした中でも、真紀は非難するのだが、永尾はククと冷めた笑いをする。

「それがプレミアだよ、奥さん。キスはＯＫ。それだけで、時給は一・五倍にしてあげる」

男の腰の動きはさらに大きくなる。

パンティの中では、陰毛すら女の粘液でヌルヌルになってしまっている。

真紀の黒髪はほつれて汗で頬にへばりつき、いつしか甘い女の匂いの中に、発情した獣じみた匂いを発してしまっていた。

（くうう、だめなのに……あぁんっ……）

眉根をきりきり寄せ、瞼を半分落としたようなうつろな表情で、永尾を見つめてしまうのが哀しかった。

ぼうっとした表情と、目の下のねっとりした赤みが、人妻の感じいってしまった興奮を伝えている。情感たっぷりにムンムンと匂い立つ人妻の色気が、百戦錬磨の永尾ですらも夢中にさせていた。

「奥さん、たまらんよ……最高の商品になるな……そうら、イケ。イキそうなんだろ。イクときの表情を見せるんだ」

永尾が真紀の腰をしっかりと抱き、グイグイと股間を押しつけたときだった。

「ああんっ……だめっ……だめっ……私、私、もう……」

熱いうねりがせりあがってきて、目の前が何も見えなくなった。

身体の奥が爆発するのを感じた。

自然と、永尾を抱きしめてしまっていた。

身体がとろけそうな錯覚の中、なにかが差し迫ってくるのがわかる。

もう、抗うことは不可能だった。人妻捜査官はターゲットとなる男にしがみつきながら、

「イッ、イクッ……！」

ビクン、ビクン、と跳ねあがる肉体を、永尾が抱きとめてくれた。

しっかりと抱き合いながら、真紀は長いオルガスムスの余韻に酔いしれて、ガクガクと腰を震わせてしまう。

「奥さんのイキ顔、可愛らしかったよ」

永尾が耳元で囁いた。

真紀はハアハアと荒い息をこぼした。

永尾の首に両手を巻きつけ、あらわになった乳房を押しつけるようにしがみつ

いている。

離れたいのに、身体に力が入らない。

演技ではなく本気で達してしまったのだ。

真紀はその知的な美貌を曇らせて、胸奥で懺悔する。

好きでもない男に身体を弄ばれ、あろうことかイカされてしまった。

夫を持つ身であれば死にたくなるほどの屈辱だが、自分は捜査官だ。これで怯んではいけない。

貞操さえ守れれば、あとは仕方がないという覚悟だった。

（そうよ……これは任務なの……女性を食い物にする卑劣な男たちをつかまえるための、そのためには……ああんっ、でもこんなに気持ちよかったのは久し振り……）

ようやく息を整えて、ゆっくりと永尾の身体から離れる。

男のズボンの股間を見れば、べっとりとシミが広がっていた。パンティからシミ出た愛液が、男のズボンまでを濡らしたのだ。

あまりの恥辱に真紀はカアッとなり、うつむいた。

「いい濡れっぷりだねえ、奥さん。たまらないよ。俺も暴発しちまった。明日からよろしく頼むよ。旦那にはスポーツジムに行くとか、まあうまくやってごまかしてくれ」

それから契約条件をいろいろ聞かされ、真紀はタイトスカートの中をぐっしょりと濡らしたまま、個室を出た。

ちょうど千佳も個室を出たところだった。

彼女は真紀の顔を見るなり、恥ずかしそうに顔を伏せた。

(ああ、ごめんなさい……千佳ちゃん……)

千佳も同じことをされて達したのだろうか。

第二章　ホストと見る夜景

1

「真紀さーん。達也《たつや》さんがいらっしゃいました。四番です」

若いボーイが、女の子の待機場所まで来て、真紀に告げる。

源氏名を本名の真紀にしたのは、本名と混同しないためだ。まあ問題ないだろうと真紀は判断した。

（ああ、また来たわ……）

真紀がソファから立ちあがると、待機している女の子たちが、スマホを手にしながらチラリとこちらを見た。

ここ数日、同じ人間が連続で指名してくるから気になるのだろう。

真紀はホールに向かうガラス張りの通路で、自分の全身にチェックを入れる。

今日はイベント日だ。

大きめのワイシャツ一枚だけという格好である。

どうせすぐに上半身は裸になるからと、ブラジャーを身につけるのは禁止されている。シャツに乳首が浮き出ていて恥ずかしい。

シャツの下はスカートもなにも穿いていなくて、裾からは白くてムッチリした太ももが見えている。

ちょっと屈めばパンティまで覗けてしまう。とにかく上も下も恥ずかしい格好で、真紀はため息を漏らす。

潜入して二週間経っても、こういったセクシーな格好には慣れずにいる。

「お待たせしました」

個室に入ると、いつもどおりにホストらしい派手なストライプのスーツを着た西野《にしの》達也が「チース」と陽気に挨拶してくる。

真紀は軽く頭を下げて、達也の隣に座る。

するとすぐに肩に手をまわされ、強引に抱き寄せられた。

「いいっすね、男物のワイシャツ姿。そそりますよ」

耳元で囁きながら、シャツ越しに乳房に手を伸ばし、ムギュ、ムギュと形をひしゃげさせてくる。

「あっ……あんっ……いきなりなんて、達也さん……」

のけぞり悶えるのは半分が演技だが、半分は正直な肉体の反応だった。

達也というホストは、ほぼ毎日のように真紀を指名しては、こうして寄り添って、じっくりと豊かなバストを弄んでくる。

ここ数日の愛撫によって敏感だった乳房はより過敏になって、触られればすぐに熱い疼きが生じるようになってしまっていた。

「ホントに可愛いなあ、真紀さん。すぐに感じてくれるんだもん」

達也は真紀の顔を見つめながら、ぐいぐいと乳房に指を食い込ませてくる。

二十四歳と言うから、自分よりも八つも年下だ。

そんな青年に、三十二歳の人妻が翻弄されてしまうのが恥ずかしくて、口惜しい。

「待って。ねえ、まずは乾杯しましょうよ。今日は何を呑むの？」

「いいよ、またボトル開けて。クリュッグ入れるよ。それと真紀さんも好きな物を頼んで」

これもいつもどおりだった。

達也は大盤振る舞いというか、金に糸目はつけず、多いときで十万以上使ってくれる。クリュッグは最高級のシャンパンで、この店はまだ良心的な値段だと思うが、それでも一本で十万はする。

「ありがとー。嬉しい」

テンション高めに喜んで、ボーイを呼んで注文した。

喜ぶフリをするのが、どうにも虚しいのだが、最初の頃に比べるとだいぶ慣れてきた。

「そりゃ、真紀さんのためならねー」

達也に顔を近づけられ、唇を奪われてしまう。

「ンン……ンンッ……」

煙草臭い口臭が不快だった。

キスは本来は禁止だから「やめて」と言いたいのだが、彼は太客だ。真紀は少し金額の高い「プレミア価格」なので、店側からキスはしてくれと言われている。

「ンフ……ンン……」

あからさまにいやがるのはまずいから、真紀も舌をからめていく。

ネバネバした唾液の乗った、なめくじのような舌で口の中を舐めまわされると、ゾッとするような怖気が全身に広がっていく。

（ああ、いやあ……）

キスされながら、シャツの前ボタンを外されていく。

まろび出た、たわわなおっぱいをじっくり揉まれて、薄ピンクの乳首を指でキュッとつままれると、

「あっ……あっ……」

こらえきれずに、キスをほどき甘い声を出してしまう。

その真紀の表情を、達也は見つめてきてニヤニヤと笑っている。

「可愛いねえ、感じ方が。今度デートしようよ」

「そ、そういうのは……いけないわ……ねえ、待って。乾杯してからにしましょう」

ボーイがシャンパンを持ってくるのが遅い。

そう思っていたときに、すうっと店の照明が暗くなって、ＢＧＭがムーディなものに変わった。

（やだ……早すぎるわ……）

うっすらと暗い店内の中で歩いている永尾を見た。彼は携帯で会話しながら、こちらに向かって二、三度頷いた。

（常連だから、さっさとサービスしろってわけね……）

まあ、店側としたら毎日のようにやってきて、シャンパンボトルを入れてくれる上客をムゲにはしないというわけだ。

「今日はハッスルタイムが早いねえ、さあ、乗ってよ」

達也が自分の腰を指差した。

「ウフッ……暗がりでもわかっちゃうほど、大きくなってるわね」

言いたくないが、いやらしい言葉で挑発しなければならない。

真紀はセミロングの髪をかきあげつつ、はだけた白いシャツと淡いブルーのパンティという恥ずかしい格好で、ソファに座る達也の股間に乗った。

真紀は「うっ……」と小さく呻いて眉間にシワを寄せる。

股間を跨ぐと、達也の男性器の硬さと熱さが、パンティ越しの恥部を刺激してくる。

達也は真紀を膝の上に乗せながら、ニヤニヤといやらしい笑みを漏らす。

「くううう、真紀さんのアソコ、あったかいなあ。ちょっと濡れてるんじゃない？」

「いやあん……そんなわけないわ、エッチ」

言いながら、真紀は顔を赤くする。

照れたフリではない。

いやなのに、恥ずかしいのに、自然と身体が火照り、三十二歳の女盛りの肉体が反応をするからである。

「フフン、そうかなあ。暗がりでも、おっぱいの先がビンビンになってるの、わかっちゃうよ」

達也はもうガマンできないとばかりに、双乳を両手で荒々しく鷲づかみにした。

「くっ……」

感じてしまい、ブルッと震える真紀の反応を楽しみながら、達也はムニュッ、ムニュッと強く乳房を揉みたててくる。

「ああ……ああんっ……」

だめだ。

声を漏らしたくないのに、媚びいった声が口をついて出てしまう。

「いつ揉んでも、たまらないおっぱいっすよ、真紀さん」

耳元で熱く囁かれ、乳首の先端にぬらりと不気味な感触を覚える。

「ンンッ……」

真紀は思わずのけぞった。

薄暗い店内で抱っこされながら、左右の乳首にむしゃぶりつかれ、口に含まれて舐め転がされる。

「ああんっ……はああっ……あああッ……」

ビクッ、ビクッと腰が動いて、達也のズボン越しの股間を刺激してしまう。

すると達也は腰を揺すりはじめ、真紀のパンティ越しの恥部を下から突きあげはじめた。

「あっ……いやっ……だめっ……ああんっ……」

真紀は顔をはねあげた。

花心から甘蜜がとろりとこぼれ、パンティを濡らしたのがわかった。

(ああっ……しっかりして……感じちゃだめよ)

好きでもない男に愛撫され、恥ずかしい部分を濡らしてしまうのが、恥ずかしくてたまらない。

「うほっ、濡れてきた。ホント感じやすいよね、真紀さんって。こんなに美人でおっぱいおっきくて、濡れやすいんだから……いくらでもお金を使っちゃうよ」

達也は興奮気味に耳元で囁き、熱い息を吹きかけながら、乳首をキュッとつまみあげる。

「くぅぅ！」

甘い陶酔が駆けのぼってきて、真紀は身をよじって、自ら恥部を達也の股間にこすりつけてしまう。

その日のハッスルタイムは、いつもよりも確実に長かった。

真紀はパンティをぐっしょり濡らしてしまい、穿き替えねばならないくらい、たっぷりと弄ばれたのだ。

2

達也という男をマークしたのは、真紀を何度も指名しているにもかかわらず、ずっと店に「ツケ」ているからだ。

ツケとはツケ払いのことで、達也はわずか二週間で、二百万を優に超えた借金を店側にしていることになる。

『あのタレコミをしてきた女の子と、まったく同じ手口ね』

携帯で連絡を取ると、麻生美佐子は言った。

真紀は報告を続ける。

「ええ。普通は二百万のツケなんか、どんな店でもうんとはいわないハズです。でもあの店は『いいよ』とさらりと容認してるんです」

電話の向こうで、美佐子がうーんと唸った。

『これで、このホストの行方がわからなくなり、店はあなたにツケを払えと脅してくるわけね』

「おそらく、そういう風になるんでしょうね」

タレコミしたキャバクラ嬢も、ツケの客に逃げられてしまい「身体で払ってもらおうか」と、店に散々脅しをかけられた。

それを助けたのが、彼女の客だった不動産会社の社長だった。

その社長は「全部借金を肩代わりしてあげる」と、もちかけてきたのだが、その条件が「愛人になること」だったのだ。

困った彼女は、執拗な店の追い込みに負けて、ついつい契約書にサインをしてしまった。

ただの借用書ではあるのだが、そのあとに払えなくなると「愛人になる」という契約を結ばされる。

この愛人契約というのが問題で、愛人というのは売春防止法に引っかからない法の抜け穴で違法性がないのだ。

契約書があることで、彼女が愛人を辞めたがっても、もうあとの祭である。警察に訴えても「民事だから」と事件にはならない。

巧妙な手口である。

『それで、真紀。誰か愛人にならないかって、誘ってきた人はいなかった？』

「いました。中川《なかがわ》というＩＴ会社の社長で、月百万でどうかって」

『あら、すごいじゃないの。まさか、うんとか言わなかったでしょうね』

美佐子が冗談めかして訊いてくる。

「……言いませんよ。お金じゃ無理ですって、無理めの女を演出しておきました」

『おっぱい出してるのに？』

「……好きで出してるんじゃありません」

ぴしゃり言い返すと、美佐子はごめんごめんと電話の向こうで平謝りした。

(……いつか美佐子さんにも現場に出てもらおう)

そう思いながら会話を続けていると、急に美佐子が真面目なトーンで言った。

『まあとにかく、バレないように潜入を続けて。店もホストも、その社長もみんなグルだってことを暴くのよ』

「わかりました」

『しかし、なんか声が明るいわね。毎日のように抱かれてるから、充実……』

呆れて真紀は途中で電話を切る。

本気で次は美佐子にやってもらおうと、真紀は心に誓うのだった。

案の定、達也はぷっつりと連絡が途絶えてしまった。

だが情報通の木下理恵に探してもらうと、達也は川口の夜の街にいることを簡単に突きとめた。

もちろんだからといって、達也を問いつめるつもりなどない。彼は泳がせておいてもいいだろう。

本命はこの「アップルスイート」の摘発であるからだ。

その日、真紀は出勤してすぐに永尾に事務室に来るように言われた。

「失礼します」

真紀が入ると永尾は鋭い眼光で、ソファに座れと合図する。

太ももがのぞくミニスカートの裾を押さえつつ真紀が座ると、永尾は真紀の隣に座り、肩に手をまわしてきた。

「達也は捕まらなかった。二百万がパアだ。わかるよね、奥さん」

永尾が肩に指を食い込ませながら、ねっとりと耳元で囁いてくる。

背筋がゾクッとした。

殺伐とした暴力の匂いがした。ごく普通の女の子なら、震えあがってしまうだろう。

こっちが永尾の本性なのだ。

真紀は怯えた演技をしながら、コクッと小さく頷く。

永尾が続ける。

「悪いな、奥さん。客のツケを回収できないと、奥さんから払ってもらうことになる」

当たり前だろう、という風に永尾が言う。

真紀は狼狽えるフリをする。

「えっ？　そ、そんな……だって、お店も承認したハズです。達也さんは信用があるからツケでもいいって……」

言い訳すると、永尾は目を細めて凄んできた。

「ツケでもいいとは言ったが、逃がしていいとは言わんよ。奥さんが払えないなら、旦那さんに相談することになると思うが……」

「こ、困ります！　この仕事は主人には絶対に内緒なんです。もし知られたら、離婚されてしまいます」

履歴書の住所はもちろんダミーだが、念のために工作が必要かもしれない、と真紀は思った。

「じゃあ、どうする？　自己破産でも旦那にはバレるぞ」

真紀は黙ってうつむく。

「黙っていても、埒があかんよ、奥さん」

永尾が話しているときに、コンコンとドアがノックされた。永尾がチッと舌打ちする。

「なんだよ、今忙しい……」

「中川様が、どうしても急ぎでお話ししたいと」

ドアの向こうでボーイが言う。

「中川さんが？　じゃあ今行く」

「いえ、ここで話させてくれと。あの……真紀さんの話だと伝えて欲しいとのことです」

「え？　入ってもらえ」

永尾がボーイに伝える。

予想通りに事が運んでいる。

真紀はソファに座って、鼻白んだ。

「やあやあ、真紀ちゃん」

大柄な中川が入ってくると、部屋が一気に暑苦しく感じた。

「中川さん、どうしたんです？　今日は」

永尾は立ちあがって、ソファに座るように勧めた。真紀も立ちあがろうとしたが、中川が「いいから」と言って、横に座ってきた。

身体を寄せられて、ブラウス越しの乳房やミニスカートから伸びる太ももに、中川の手や足が当たる。

「いやあ、太客にトバれたんだって？　ボーイさんに聞いたよ。大変だったねえ」

分厚い手が、剝き出しの太ももの上に置かれて、真紀はゾッとした。

中川は立ったままの永尾に目を向ける。

「いくらなんだい？」

「中川さん、それはちょっと……」

永尾が口ごもった。

「いいから言いたまえ。彼女の借金は私が肩代わりするから。永尾くん、譲渡の契約書を書いてくれ」

永尾はそれを聞き、驚いた顔を見せる。

「二百万ですよ。いいんですか？」

「もちろんだよ」

……白々しい。

真紀はふたりのやりとりを冷めた目で見ていた。示し合わせたように呼吸もぴったりだ。寒気がする。

「あ、あの……中川さん、それは……」

一応、真紀も申し訳ない顔をする。

すると、中川は豪快に笑い、

「いいんだよ。僕だったら、いつでも返してくれていいから。それと合わせてもともとの借金も肩代わりしようじゃないか」

と、善良な人間ぶったことを言う。

「ありがとうございます」

真紀は頭を下げる。

もう少し深く潜って、中川と永尾、そして達也が繋がっており、女性を罠にかけていることを突きとめなければならない。

中川が「一度食事でも」とメールをしてきたのは次の日だった。

3

（しかし、本当にいい女だな……セクキャバで働かせるなんて、もったいないにもほどがある）

中川は、ホテルで待ち合わせた美しい人妻、真紀を改めて見つめた。

緩やかにウェーブするミドルレングスのつやつやした黒髪に、色の白い瓜実顔、整った目鼻立ち。

成熟した色香がムンムンと漂っているのに、黒目がちな瞳がバンビのように可愛らしくて、少女めいたところもある。

さらにだ。

この人妻は顔立ちだけでなく、スタイルもバツグンときている。

全体的にスリムなのだが、その清楚な顔立ちに似合わず、ブラウスの胸元は男の衆目を集めるほど、悩ましく盛りあがっている。

（おっぱいもいいが、やはりこの奥さんは尻だな……）

中川は係員に案内され、歩いている真紀の後ろ姿を、じっくりと見つめた。

フレアスカートの上からでも尻の形のよさがわかる。

人妻らしくむっちりと熟れた双尻だった。

（今まで抱いた女に、これほどの上玉はいなかったぞ。トップクラスじゃあないか？）

この奥さんを罠に嵌め、熟れきった身体を好きなようにできると思うと、早くも股間が硬くなっていく。

四十二階のバーは、大きな窓の向こうに夜景が光り輝いている。

窓際の二人がけにソファに座ると、若い店員がやってきた。ふたりはカクテルを注文した。

「ずいぶん、おしゃれなところをご存じなんですね」

真紀が目を輝かせて訊いてくる。

夜景に感動している様子が、すれてなくていい。

「あまりこういうところには来ないかな?」

「ええ。ウチにはそんな余裕はありませんし……」

真紀が艶っぽい笑みをもらす。

中川はその微笑みを見て、年甲斐もなく胸をときめかせた。

(もったいないな……この容姿とスタイルのよさなら、地味な人妻なんかに収まらなくても、相当稼げるだろうに)

それなのに、男に貢いで、セクキャバというのは滑稽だ。

だがそんな隙のある女だからこそ、こうして簡単に抱けるのだ。世の中はうまくまわっている。

「本当にありがとうございます。中川さんのおかげで助かりました。なんとお礼を言っていいか……」

真紀が殊勝なことを言って、頭を下げる。

「いやあ、気の毒だと思ってねえ。あの店は厳しいからねえ。あのままだと奥さん、ソープかアダルトビデオ行きだったからねえ」

「ア、アダルト……私が……」

とたんに真紀の顔が強張った。

表情が青ざめている。

(三十二歳の人妻が、アダルトビデオでそんなに驚かなくてもなあ……クククッ、肉体は熟れ頃、食べ頃だってのに、この初心《うぶ》そうなところが可愛いねえ)

中川は心の中でほくそ笑んだ。

「でももう心配しなくていいからね。なんなら、あの店を辞めたらどうかね」

助け船を出すと、真紀が「え?」という顔をした。

「でも、それでは中川さんにご迷惑が……」

「いいんだよ。ちょっと僕の仕事を手伝ってもらえば……」

「仕事……ですか?」

「そうだよ。その前に乾杯といこう」

店員がカクテルを持ってきた。

中川はウォッカトニックで、真紀はカシスオレンジだ。

あまり酒は強くないというので、初心者向けのカクテルを選んでやった。

甘くて呑みやすく、見た目もオレンジジュースのようだ。

だから。

睡眠薬を混ぜても、バレにくいという利点がある。

「じゃあ、乾杯」

グラスを合わせてから、真紀が半分ほどを口にする。

酒は強くないと言っていたわりに、結構呑むんだなと中川は思った。

おそらくそれだけ自分のことを信頼しきっているのだろう。

(ククッ、奥さん。これからがあんたのお仕事だよ。その色っぽい身体を、たっぷりハメハメしてやるからな)

はやる気持ちを抑えながら、中川は訊いた。

「そういえば、まだ小さい子供がいるって言ってたね。遅くなっても大丈夫なのかい?」

「ええ。今日は、母が見ていてくれますから」

「お子さんはいくつかね」

「今年で、五歳になります。男の子で」

「そりゃあ可愛いさかりだろう」

「ええ、もうわんぱくで」

彼女は可愛らしく、口に手を当てて苦笑する。

（五歳の子供がいるのか。信じられんな）

豊かなバストに、ほっそりした腰。成熟したヒップの肉づきのよさ。ブラウスとフレアスカートの上からでも、プロポーションのよさは際だっている。

どこからどう見ても、子供を産んだ身体とは思えない。

（ククククッ。どんな身体をしてるんだろうな。早く素っ裸にしてみたい）

無理矢理に何杯か呑ませると、真紀の顔がほんのりと上気して、さらに色気がぐんと増してきた。

話し方もずいぶんとくだけてきた。

と思ったときだ。

会話している途中、真紀の携帯がバイブしはじめた。

彼女は携帯の窓を見てから、ハッとしたような顔になり、中川にすまなそうに言う。

「夫からなんです。よろしいですか？」

「ああ、もちろん」

真紀が電話をしながら、店の入り口に向かっていく。

(旦那か……まあ、これで帰るとはいうまい)

真紀は今、中川の言うことには逆らえないだろう。

今度は中川の携帯が震えた。永尾からだった。

「もしもし」

『中川さん、今大丈夫でしょうか？　真紀子には訊かれていませんか？』

「大丈夫だ、席を外している。どうした？」

『真紀子、というのは偽名でした』

永尾が電話の向こうで断言した。

「偽名？　ほう。なんでわかった」

『彼女の履歴書に書いてあったマンション、偶然なんですが、俺の知り合いの不動産屋の持ち物だったんです。で、そいつに訊いたら、借りたのは「鮎川真紀」という女だったそうです。借りたのは一カ月前だそうで。源氏名が本名だったたんです』

「……何者かね」

『わかりません。ただ旦那がいて、子供がいる三十二歳の人妻、というのは間違いありません。そこまではつきとめたんですが……気をつけてください。後で俺も行きます』

「わかった」

電話を切った。

（鮎川真紀か……）

そのとき、ちょうどその真紀が電話を終えて帰ってきた。

足元がおぼつかないでフラフラしている。

中川は、ほくそ笑んだ。

（何者か知らんが、ククッ、この身体にたっぷり訊いてやるとするか）

「あ、あの……なんだか、私……」

フラフラとしながらも、なんとかソファに座った真紀の目はうつろだ。

（ククッ。効いてるな）

ボーイに渡しておいたのは、東南アジアでつくられた非合法麻薬だ。強烈な眠気を誘うので、いまは禁止薬物リストに入っている。

中川は下心をひた隠し、真紀に紳士的な顔を見せる。

「大丈夫かな。ちょっと呑ませすぎたか」

「すみません、久しぶりに呑んだからかしら。おかしいわ……ここまで弱くはないんですけど……」

真紀は上半身をゆらゆらと揺すりながら、ハアハアと熱い息を吐いている。

「出ようか。送っていくから」

中川が優しく言うと、真紀はこくりと小さく頷いた。

肩を抱くようにして店を出て、エレベーターに乗り込んだときには、もう真紀はぐったりとしてしまって、中川が支えなければ歩けないほど酩酊してしまっていた。

4

十一階にあるスイートルームが、中川御用達の部屋であった。

思い切り下品に言うと、「ヤリ部屋」である。

中川はぐったりした真紀を抱きながら、部屋に入り、キングサイズのベッドに仰向けに寝かせた。

「大丈夫かい？　少し休んでいくからね……」

肩に手をかけて揺すってみるも、真紀の反応はない。

（ククッ……）

中川は立ちあがり、ネクタイを外しながら美しい獲物を見下ろした。

クリーム色のプリーツスカートは乱れ、白くてムッチリした太ももが半ばまでのぞいている。

清楚な白いブラウスの胸のふくらみは、仰向けでもこんもりと悩ましく盛りあがり、スースーという可愛らしい寝息に合わせて、ゆっくりと上下している。

艶やかなミディアムヘアがベッドの上で扇のように広がり、部屋の間接照明に照らされて、キラキラと絹のように輝いている。

（た、たまらん……）

もう何度も女を連れ込んだのに、今夜の興奮は別格だった。

キャバクラでこの大きなおっぱいは堪能していたのだが、それだけでは飽き足らない。もう自分のものにしないとおかしくなりそうなほどに、勃起してしまっている。

本当は部屋に入ったら、真紀のケータイを調べようと思っていたのだが、もうそんなものはあとまわしだ。

「さあて、奥さん。どんなパンティを穿いてるのかねえ」

中川はふたりきりの空間で、今からいたぶると宣言した。

意識がない女性に言葉を発しても意味はないのだが、口にすることで自らの淫らな欲情が奮い立ってくる。

それにだ。

この部屋には四隅に盗撮カメラがしこんであるのだが、あとでじっくりと鑑賞するときにも、台詞《せりふ》のひとつふたつあった方が見栄えがする。

中川はそっと人妻に近づき、プリーツスカートの裾をつまみ、少しずつまくりはじめた。

一気には剝かない。これも撮影用だった。

じっくりと裸にしていく方が、あとでビデオを見るときに楽しめると思ったからだ。

ゆっくりたくしあげていくと、

「う……んっ……」

人妻の赤くなった美貌が揺れ、眠たそうな声が漏れ聞こえる。

「いい夢を見ているのかい、奥さん。あんたは今から素っ裸にされるんだぞ、ククク」

煽りながら、プリーツスカートを太ももの付け根近くまでまくりあげる。

ナチュラルカラーのパンティストッキングのシームが見え、その下に、白いパンティが透けて見えた。

（ううむ……すごいな……）

ワンピースの裾がめくれあがった中、むっちりとして乳白色の太ももと、その付け根に食い込む白い布地が目に飛び込んでくる。

中川は股間に顔を近づけて、くんくんと匂いをかいだ。

人妻の恥部のほのかなぬくもりと匂いに、ひりつくような高揚が身体の奥から湧きあがってくる。

中川はハアハアと息を荒らげながら、じっくりと見つめる。

パンティのクロッチ部の右側から短い恥毛がハミ出している。その無防備さがいい。意識のない人妻をイタズラしている興奮が湧きあがる。

中川は真紀の寝顔を見つめる。

ナチュラルメイクでも、目鼻立ちがはっきりしていて、抜けるような白い肌も艶々して美しい。

閉じられた睫毛が長く、ツンとした小鼻とふっくらした唇がキュートだった。

これから自分が何をされるのか、そんなことはつゆ知らずといった安心しきった寝顔をさらしている。

そのことも昂ぶりに拍車をかける。

鼻筋をなぞり、ぷるんとした赤い唇を指でなぞる。

「奥さん……すべてを見せてもらうよ……」

チュッと唇に軽くキスすると、

「ん……」

人妻の淡い吐息が、鼻先をくすぐる。

アルコールにほのかなミントのような匂いが混じっている。

(た、たまらん……)

中川はいよいよ本格的なイタズラをはじめる。

仰向けでも形が崩れずに大きくふくらむ乳房を、ブラウスの上から手のひらで包み、ぐっと揉みしだいた。

（うーん、素晴らしいな……）

店で何度も揉みしだいた乳房ではあるが、こうしてふたりきりの空間でじっくりと味わうのもいい。

中川は真紀のブラウスのボタンを外して肩から抜く。美貌の人妻は上半身白いブラジャー一枚という格好になった。

真っ白い乳肉が今にもカップからこぼれ落ちそうな迫力だ。

さらに人妻の身体を横向きにして背中に手をやり、ブラジャーのホックを外した。ブラカップをたくしあげると、乳房がぶるんっ、と弾けるように露わになった。

（いつ見ても美乳だな……）

中川は血走った目で、真紀の豊満な双乳を見つめた。

下乳が押しあげるようにゆたかに盛りあがり、乳頭はツンと尖って上を向いている。静脈が透けて見えるほど白い乳肉のやや上方に、透き通るような淡いピンクの乳首がある。

ごくっ、と唾を呑み込んで、中川は両手でバストを鷲づかみにし、裾野から絞るように揉みあげた。

とろけるように柔らかく、それでいて乳肉に食い込む指を押し返すほどに、ゴム毬のような豊かな弾力がある。

温かくすべすべした乳肌が、しっとりと指に吸いついてくる。

形をひしゃげるようにムニュ、ムニュ、と揉みしだくと、次第に人妻が汗ばみはじめてきた。

同時に、噎せ返るようなミルクの匂いが強くなる。

濃厚な人妻の香りだ。

胸いっぱいに甘い匂いを嗅げば、熱い衝動が滾《たぎ》ってくる。

中川は鼻息荒く、おっぱいをギュッとつかんだ。

「ううん……」

人妻の華奢な肢体がピクッと震えて、わずかに顎があがった。

しかし、瞼は閉じられたままだ。愛らしい寝顔は唇がほんの少し開いて、淡い吐息が漏れた。

「眠ったまま感じてるのか？　ククッ……」

しばらく揉んでいると、手のひらにこりこりとした感触が現れてきた。見れば乳頭がムクムクと勃ってきていた。

「乳首が硬くなってきたぞ。気持ちいいんだろう」

意識のない人妻を辱める台詞を口にして、乳頭部を指でくりっと撫でると、

「ん……ん……」

真紀はくぐもった声を漏らして、腰をじれったそうによじらせた。

眠っていながらも、わずかに息づかいが乱れている。

その様子を見て、中川はもういてもたってもいられなくなった。

おっぱいをすくいあげるように揉み、円柱形にせり出した薄ピンクの乳首に夢中になってむしゃぶりついた。

痛いほどの股間の漲りを感じながら、シコッた乳首を舌でねろねろと舐め、唇に含んでチュゥゥゥと吸い立てる。

「んっ……んんっ……」

眠っている人妻の口から、悩ましい声が続けざまに漏れ出していく。

感じているのだろう、胸を喘がせ、形のよい細眉を寄せた苦しそうな表情で、何度も顎をせりあげている。

「感じやすいんだな、奥さん」

見るとプリーツスカートの下腹部が、うねって持ちあがってきている。スカートの裾は腰のあたりまでまくれていて、白いパンティが丸見えだ。

「いやらしいな、奥さん。眠っているのに腰が動いてるぞ」

中川はニヤリと笑うと、純白のパンティに手をかけ、するすると膝のあたりまで下ろしていく。

(おお……ッ)

服を脱がされ、ブラジャーとパンティを取り去った人妻の半裸を見て、中川は思わず声を失った。

ほどよく熟れきった、丸みを帯びた柔らかそうな肢体に目を奪われる。

(いったい何者なんだ、この奥さんは……)

ふと疑問が湧くが、この極上の肉体を目の前にしては、そんなことはどうでもいいと思えてくる。

中川は、いよいよ自分のシャツとズボンとパンツを脱ぎ、全裸になった。

でっぷり肥えた腹の下に、硬い肉棒がそそり勃つ。

その淫水焼けした怒張を二、三度右手でこすりつつ、中川は人妻のブラウスやスカートもすべて取り去り、素っ裸にしてから覆い被さった。

（こ、こりゃすごい）

スリムなのに脂が乗って柔らかな肉体、そして肌理《きめ》の細やかな白い肌。

中川は夢中になって首筋や胸元や腕や腋窩など、そこかしこにチュッ、チュッと情熱的なキスを浴びせていく。

人妻の全身からは、ミルクのような柔肌の臭いと、ボディシャンプーの混じった甘ったるい匂いがする。

興奮で頭が痺れてきた。

中川は自らのたるんだ身体を、シミひとつない真紀の肌にこすり合わせ、柔らかくも官能的なボディを堪能する。

「うっ……あっ……」

真紀の歯列がほどけ、甘い声が漏れる。

やはり意識はなくても感じているようだ。

ますます燃えあがって、中川は身体をズリ下げて、いよいよ人妻の下腹部に顔を近づける。

むっちりした太ももの付け根に、薄い繊毛が細長く生えている。

「見せてもらいますよ、奥さん」

クククッと含み笑いをしながら、中川は真紀の両膝の裏側に手を入れて、美しい人妻をM字に開脚させる。

大股開きにされた人妻の寝顔をちらりと見てから、中川は無防備な人妻の股間を覗き込んだ。

恥毛の下にうっすらと切れ目が広がっていて、赤い媚肉がのぞいている。

たっぷりと愛撫を施したからであろう。妖しく息づくピンクの粘膜は、オイルを塗り込んだようにぬらぬらと潤んでいる。

「使い込んでないじゃないか。キレイなもんだな……」

その艶やかな色彩と濃密な香りを楽しみつつ、震える左手で花びらをV字にくつろげて、中の果肉をさらけ出す。

「奥さん、よさげなおま×こしてるねえ」

中川は言いながら、ハアハアと息を荒らげ、いよいよ魅惑の人妻の恥部を指でまさぐっていくのだった。

5

（ああん、いやあ……）

先ほどまでは乳房をむちゃくちゃに揉みしだかれ、乳首をしゃぶりつくされていた。さらには脇腹を通り、臍までも舌を這わされ上半身を舐めつくされた。そのあと、今度は横向きにされて、むっちりと盛りあがったヒップの頂から、深い尻割れまでも丹念に舐められる。

その間にも、左手は乳房を揉みしだき、硬くなった乳頭をつままれる。仰向けに戻されると、再び乳首を執拗に舐められた。

（ああ……なんてしつこいの……も、もうやめて……）

こらえきれず真紀は、

「んっ……んふ……んんう……」

と、眠ったフリをしたまま、悩ましげに声を漏らして腰をよじらせてしまう。

（しまった）

バレたかと思ったが、どうやら杞憂だったようだ。

中川は再びチュパチュパと音を立てて、乳首を吸い立ててくる。

（くううう……）

おぞましい執拗な責めに背筋がゾッとする。

だがここで目を開けては、すべてが無駄になる。

この部屋にカメラが仕掛けられているのは、中川の動きでわかった。

そのカメラを操作しているのは誰だろう。

リモートならば、それほど遠くないところで操作しているハズだ。

外で待機している大熊小百合や三浦綾子が盗撮電波を受信して、捕まえる手筈になっている。

（まだつかまらないのかしら……）

真紀はもう眠ったフリをするのに限界を感じていた。

睡眠薬入りのカクテルを、トイレの中で吐いてはいたのだが、わずかに吸収されたのか、少し倦怠感が残っている。

気を抜けば眠ってしまいそうなのだ。

（綾子さん、小百合さん、早くして……）

真紀はそう祈りつつ、意識を失っているフリを必死に続ける。

「奥さん、好きなようにしてやるよ」

何が面白いのか、中川は昏睡している女性に、先ほどから何度もいやらしい言葉を浴びせてくる。眠ったフリをしている真紀にはたまらない羞恥だった。

真紀は、乱れたブラウスやスカートまですべて取り去され、生まれたままの姿にされ、中川に抱きしめられながら、再び舌責めをされた。

（あうう……い、いやあああ……）

いやなことは間違いない。

なのに、ねっとりとした濃密な愛撫に、いよいよ身体の奥から熱い疼きが湧きあがってきているのを感じる。

老練な色責めが、真紀の身体を変化させているのは間違いなかった。

その熱い疼きに呼応するように、奥から熱いものがあふれてきている。

（やめて……もうやめて……）

真紀は胸奥で悲鳴をあげた。

認めたくはないが、感じてしまっている。もう今にも甘い声を漏らして、腰を揺すりそうだ。

「奥さん、こりゃあいい持ち物だねえ」

中川が煽りながら身体を離した、と思った矢先だった。

(あッ、あッ……あああッ!)

真紀は伸ばした美脚の膝を折り曲げられ、M字に割り広げられた。

(ああん! だ、だめっ……!)

しかもだ。

中川の指が恥ずかしいスリットに触れ、そのまま花びらを大きくグイッと左右にくつろげてくるのだ。

(いやっ! いやぁ!)

ある程度は覚悟していたものの、これほどまで恥ずかしいポーズをとらされては、夫のことを考えずにはいられなかった。

(ああ……あなたぁ……)

夫にもここまでじっくりと恥ずかしい部分を見られたことはない。

それに、そこはもう濡れているに違いないと思うと、恥ずかしくて生きた心地もしない。

(もう、もういやっ……アアッ!)

恥辱のポーズをとらされたまま、中川に指を挿入された。

真紀は思わず眉間にシワを寄せ、たまらずビクッとしてしまった。

（ああん……うっ……あっ……い、いやぁ）

指を何度も抜き差しされ、さらには別の指がワレ目の上部にあるクリトリスに触れてくる。

（アッ……アアッ……そ、そこは、いやッ……！）

眠ったフリをしているのに、爪先がヒクヒクと痙攣するのをとめられない。

必死に感じまいとするものの、三十二歳の人妻の肉体は、的確な愛撫に反応して子宮を疼かせてしまい、奥から熱い新鮮な花蜜を噴きこぼしていく。

「ククッ、こんなに濡らして……眠ったままでも感じているんだなあ、奥さん」

中川は言いながら、挿入した指をさらに激しく動かしてきた。

ぬちゃ、ぬちゃ、と恥ずかしい音が立ち、真紀は思わず目をつむったまま、

「うっ！　んんっ……」

と、こらえきれずに声をあげた。

（だ、だめっ……アアッ、お願い、もうやめてッ……！）

達してしまいそうだった。

こんな卑劣な男に気をやらされるなら……いっそ目を開けて……。

せめて中川だけでもつかまえよう。

そう思ったときだった。

携帯電話の音が鳴り、中川はチッと舌打ちした。しばらくして中川の気配がなくなった。

6

真紀は眠ったフリをしながら、不穏な空気を感じ取っていた。

ドアの音がした。

中川の気配も戻ってくる。

近づいてくる、と思った矢先、真紀の両手が取られ、素早く背中にねじこまれて金属の輪のようなものを嵌められた。

(て、手錠?)

ハッとして目を開けると、そこには永尾がいた。

(しまった!)

バレていたのだ。慌てて蹴り飛ばそうするも、やはり睡眠薬の効き目はわずかに残っていて、いつものように力が出ない。

蹴り飛ばそうにも躱され、真紀は両手を後ろ手に拘束されたまま、全裸でベッドに押さえつけられた。

「鮎川真紀さんだよね。あんた一体、何者？」

押さえつけながら、永尾がねっとりと訊いてくる。

真紀はフンと顔をそむけた。

「まさか、警察とかじゃないだろうねえ」

中川が怯えた顔で言う。

永尾は笑った。

「大丈夫ですよ、中川さん。警察がこんなことするわけねえ。囮捜査みたいなことやったら、マスコミに叩かれますからね」

そういうことする警察もいるんだけどね、と真紀は胸奥で思った。

それにしても待機しているふたりからの連絡が遅すぎる。すぐに駆けつけてくれるだろうと踏んでいたのだが……。

「……あんた、何か考えてるな。なあ、誰の命令だよ。人妻のくせにずいぶんと危ない橋を渡ってくるじゃねえか」

永尾がすごんできた。

そんな脅しくらいでは屈しないと、真紀はうっすらと余裕の笑みを見せる。永尾も笑った。

「余裕だねえ、奥さん。じゃあ喋るようにしちゃおうかな」

永尾が言うと、真紀の背後にいた中川は、うつ伏せになった真紀の腰を持ちあげた。両手が背中にまわされているので、こめかみをベッドにつけ、剝き出しの生尻を高くもたげた格好にされる。

「な、なにを……」

真紀は肩越しに永尾に訴える。

永尾がせせら笑った。

(まさか……)

屈辱の後背位ポーズをとらされて、真紀は激しく狼狽する。

喋るようにする、というのはもしかして……。

「フフッ、いい格好だな、奥さん。気の強そうな女はバックからブチ込むに限るからなあ。中川さん、思いっきり犯っちゃってくださいよ。とりあえずしおらしくさせてから、いろいろ聞き出しますから」

「い、いやっ！」

真紀は後ろ手に縛られたまま、思い切り身体を揺すった。

中川の熱くぬらぬらした切っ先が尻たぼに押し当てられる。

（だ、だめよ。レイプなんて……）

量感あふれる悩ましいヒップが、ふたりの男の前でくなっ、くなっと左右に揺れる。

「そんなに尻を振って、おねだりかい、奥さん。さて、あなたは誰なんだよ。言うんだよ」

さらさらした黒髪を永尾につかまれた。

「そ、そんなこと……知らないわ。私は借金を返したいだけで……」

「ここまできて、たいした度胸だな。ならもういいや。ふたりがかりでたっぷり弄んで、チ×ポなしに生きられない身体にしてやる。セクキャバなんか生半可なとこじゃなくて、しっかりとソープに沈めてやるからな」

永尾と中川が互いに顔を見合わせて、ニヤニヤ笑う。

中川の怒張が真紀の尻割れに触れた。

「ああっ、や、やめてッ！」

悲鳴をあげ、力の限り屈辱の後背位ポーズから逃れようとするのだが、両手を拘束された上に、クスリの効き目で手に力が入らない。

「ククッ、いくぞ……」

中川がググッと下腹部を、真紀の尻に押しつけたときだ。

ドンドン、ドンドン、と、けたたましいドアを叩く音がして、ふたりの男がハッと顔を見合わせる。

しばらくすると、寝室のドアがバーンと開いた。

大柄な小百合が入ってきて、黒い手帳を突き出した。

「警察よ！　そのまま、動かないでッ」

後ろには綾子もいる。彼女と目が合うと、申し訳なさそうに、顔の前で手を合わせた。

（遅いわよ、もう）

中川は「ひいい」と情けない悲鳴をあげ、両手をバンザイのようにあげた。

永尾はチッと舌打ちして、小百合に向かって突進しようとした。

その隙を狙い、真紀は永尾に足払いをかけた。

「ぐわっ」

バランスを崩してベッドから床に落ちた永尾に、小百合がのしかかる。

「逮捕よ！」

他の捜査員もどかどかと入ってきて、永尾と中川をうつ伏せにして手錠をかける。永尾が藻掻きながら、叫んだ。

「きったねえぞ！　警察が囮捜査なんかしていいのかよ」

小百合が首をかしげる。

「囮捜査？　知らないわよ、あんな人」

小百合の言葉に、永尾がぽかんとした。

だがすぐに目を細めて、

「嘘つけ！　仲間だろう。こっちは調べがついてんだぞ、あの女が偽名で……」

そう叫ぶと、男の捜査官がぐいと永尾の胸ぐらをつかんだ。

「調べがついてんのはこっちだよ。あのホストも逮捕したからな。立て！」

永尾と中川が連行されると、綾子がすぐに真紀に駆け寄ってきた。

「ごめんなさい、遅くなって。ホテルが鍵を渡さないもんだから。真紀さん、後ろ向いて」

真紀がくるっと後ろを向き、手錠を嵌められた両手を後ろに突き出した。

「……あれ？　意外としっかりしてるのね、この手錠。ちょっと簡単に開かないかも。このまま、一緒に来てくれる？」

「えー？　嘘でしょう」

真紀が言うと、綾子はクスクスと笑った。

「でも、手錠って刺激的ねえ。今夜、私も旦那にためしてみようかしら、セックスレスなの」

囮捜査はこの人の方がよかったんじゃないかと、真紀はふと思った。

第三章　議員の指づかい

1

「永尾がカンオチしたよ」

真紀がオフィスのパソコンで調べ物をしていると、大熊小百合がやってきて、そう告げた。

「え？　意外ですね。どうせ黙秘すると思っていたのに」

あのふてぶてしさからすると、時間がかかるだろうと思っていたから、真紀は拍子抜けした。

「あのあと、すぐに身体捜検したのよ。そうしたらクスリが出てきたの。まあ、私も怪しいと思ってたんだけどね、永尾の目つきからして」

小百合は元保安課で、麻薬密輸の摘発などもやっていたから、永尾の顔つきですぐにわかったのだろう。

「そうだったんですか」

「もともとマトリ（麻薬取締官）も、永尾にアタリをつけてたらしいのよ。だから表向き、あなたをマトリのひとりということにしておいた」

「え？　そんなことできるんですか」

真紀が驚いて言うと、小百合は少し得意げに答えた。

「知り合いにマトリがいるもの。あっちだったら、囮捜査も合法だしね。これで違法捜査ではなかったと言い張れるわ」

小百合が笑った。

しかし、そんな力業ができるとは……この人、意外にすごい？

「ねえ、真紀さん。あなた、私たちのこと頼りないと思っていたでしょう？」

小百合にズバリ言われ、真紀はドキッとした。

「そんなことありませんよ。みなさんエキスパートで」

「嘘。そんな風に思ってなかったでしょう？　公安の女豹さん」

挑戦的な態度で小百合が言ってくる。

少し緊張するも、すぐに小百合はニコッと笑顔を見せてくる。

「あなた相当腕が立ちそうねえ。永尾をつかまえたときのあの動き。武道かなにかやってたんでしょう？　今度一度、組み手でもお願いしたいんだけど」

「私、そんなに強くないですよ。たまたまうまくいっただけ」

真紀も微笑み返す。

すると、木下理恵が別の案件で口を挟んできた。

「ねえねえ、鮎川さん。危険手当がでることになったから。あとで書類を課長に出しておいて」

「あっ、出ることになったんですね」

真紀は驚いた。

今までそんなものをもらったためしがなかったからだ。

「そうよう。私、頑張ったわよ。だって囮捜査って危険やし。あーあ、私ももうちょっと若かったら、変わってあげるんだけどねえ」

理恵は太った身体を揺すって見せてくる。

「理恵さん、それならもう少し痩せないと」

倉持亜美が、ストレートに失礼なことを言う。

理恵はムッとして、

「子供産む前はねえ、私痩せてたんよ。千佳ちゃんぐらい痩せて、ウブだったんだから」

「やっぱり子供産むと太ります？」

三浦綾子が眼鏡を布で拭きながら、話に入ってきた。

「太る太る。産んだらねえ、ホンマに体形、戻らんようになるんよ」

と、理恵。

「でも、真紀先輩もお子さんいらっしゃるんですよねえ」

千佳も入ってきた。

みなの視線が、じろりと真紀のお腹に集中する。

真紀は慌てて顔を横に振る。

「私も太ったわよ。でもね、ウチの子ずっとおっぱい吸ってたから、母乳あげてたら体重落ちちゃって」

「でも、そのわりに乳首はキレイなもんねえ」

小百合がうらやましそうに言う。

真紀は真っ赤になって、ブラウスの前を両手で隠した。

「そうなん？　私のなんか真っ黒やで。あー、羨まし」

理恵が言って、みんなが一斉にどっと笑う。

「そういえば、千佳ちゃん、あれってまだついてるの？」

綾子が千佳に聞く。

「なんやの、あれって」と理恵。

「旦那が嫉妬深くって、どこに行ったのかチェックするために、千佳ちゃんの靴にGPSを仕込んでるんだって」

ええっ！　と一斉に驚きの声があがる。

「それはすごいわね、で、千佳ちゃんは知らないフリをしてるんでしょう？」

綾子の言葉に、千佳が恥ずかしそうに頷いた。

「いいわあ、旦那さんがそんなに好いとるなんて。私なんかほったらかしやで」

理恵が言う。小百合もそうそうと頷いた。

まるで主婦の集まりみたいだが、打ち解けてきたのは喜ばしいことだと真紀は思った。

「ごめんなさい、遅くなって」

美佐子が資料を持って入ってくる。

「次の事案よ。理恵さんの情報で、新宿に女子高校生のアンダー店があることがわかったの」

女子高校生の格好をした成人女性が働いているならいいが、アンダー店（十八歳未満）となると大問題だ。

「あれ？　一時期、ＪＫビジネスって、かなりの数を摘発したと思うけど」

亜美が栗色の髪の毛をかきあげながら言う。

理恵が頭を振った。

「アカンアカン。まだまだ残ってるんよ、危ない店が。女子高校生を騙して働かせてる店もぎょうさんあるんやで」

理恵が言うと、綾子や小百合が瞳を曇らせる。

「ひどいね、それ」

「許せないね、女の子たち使って稼ぐなんて」

みんなが憤慨しているのを見て、真紀はホッとした。

警察の働き方改革で寄せ集められた人間と聞いていたのだが、なんやかんや言っても、悪を憎む気持ちは一緒らしい。

「というわけで、この店に潜ろうかと思うんだけど……千佳ちゃん、いける？」

美佐子が言うと、千佳は「はい」と元気いっぱいに手をあげて立ちあがった。

真紀は慌てた。

「待ってください。千佳ちゃんにはまだ早いわ」

「先輩、私は大丈夫です」

千佳は可愛らしいアイドル顔をキリッとさせて、こちらを真っ直ぐに見る。

いや、そういう正義に燃えるのが一番危ないんだってば。

「美佐子さん、今回は私が」

真紀が言うと、

「でも、女子高生に化けるのよ、真紀」

美佐子が冷ややかに返してきた。

痛いところを突かれた。

真紀は押し黙る。

「うーん、確かに女子高生となると千佳ちゃんかしらねえ」

「でもさあ。やっぱ危なくない？」

「私、警察学校で武道区分の成績は女子でトップだったんですよ」

「いや、でも……」

みなで言い争っていると、美佐子が「待って待って」と割って入る。

「今回は、千佳ちゃんにやってもらうわ。ただ、店のバックは稲森組の残党らしいから、真紀、バックアップして」

「え？　そんなのがいるんですか？」

真紀はますます不安に駆られる。

稲森組は結構大きな暴力団組織だったのだが、昨年の内部抗争でちりぢりになったのだ。

ふと誰かに見られている気がして振り向けば、千佳がきらきらした目で見つめていた。

その顔に「よろしくお願いします」と書いてあるようだ。

心配しかなかった。

2

「え？　新宿北署《ウチ》ですか？」

百合子はクルマを運転しながら、ちらりと助手席の美佐子を見た。

「正確には署長の三雲《みくも》ね。半年前に実は風俗店の一斉摘発があったらしいんだけど、なぜかこの稲森組の残党には手が伸びなかった。おそらく誰かがつながってるんだろうという噂があったんだけど、それが三雲じゃないかって」

美佐子は、コンパクトの鏡で化粧をチェックする。

これからその三雲に呼ばれて、食事をすることになっている。

最初は断ろうと思っていたのだが、その噂を聞いて、美佐子は探りを入れようと三雲に会うことに決めたのだった。

クルマが赤信号で停まる。

百合子が、美佐子の顔をまじまじと見てくる。

「ウチの署長がなんの目的で半グレ組織なんかとつるんでいるのよ。お金?」

「それがよくわかんないのよねえ」

「なんでその話、みんなに言わなかったのよ」

百合子がじろり睨んだ。

優しい顔立ちだが、こうして真顔になると、元柔道の日本チャンピオンのオーラが垣間見える。

「だって、まだ噂にもならないレベルの話だもん。ここだけにしておいてね」

美佐子が返す。

クルマが動き出した。

「千佳ちゃん、危なくないの？」

と小百合。

「大丈夫よ。稲森組の残党はまだ若いわ。それに真紀がついていれば危ないことにはならない」

「ずいぶん買ってるのねえ、あの女豹さんを。でも確かにあの人は強いわねえ。おそらく私以上。そのくせ、あんなにキレイなんだから腹が立つわよ」

「あの子は、公安課のときはすさんでたのよ。それをすくったのが、あの子の今の旦那さんなの」

「そんな幸せいっぱいの主婦を、また現場にかり出すなんて」

小百合が皮肉っぽく言った。

「しょうがないじゃない。あの子以上の能力の女性捜査官なんていないもの」

「そうよねえ。この性犯罪対策課で結果出さないと、あんた、出世できないものねえ」

小百合が運転しながら言う。

美佐子はフンと鼻で笑う。

「……そうよ、偉くなるんだもん。ウチの課のみんなだって……」

「みんな出世なんか興味ないわよ。泣いてる女性を助けたいってだけ。それより、美佐子、また旦那さんと張り合ってるんじゃないの?」

小百合に図星をつかれた。

検事である夫は、法務省検事局の出世コースに乗っている。なんとなく負けたくないという気持ちがあるのは間違いない。

「いいじゃないの、別に」

「欲求不満なんでしょう?」

小百合が運転しながらクスクス笑った。

美佐子は顔を赤らめる。

「か、関係ないでしょ。そんなこと……」

「二年ぐらいかしら、ご無沙汰なのは……」

「……当たり」

小百合と話すと気が晴れるが、全部見透かされていていやになる。

「あの料亭でしょ？」

小百合が路肩にクルマを停める。

道路を挟んだ向こう側に、老舗の料亭がある。

三雲の指定してきた場所だった。

「気をつけてね」

美佐子がクルマを降りると、小百合が窓を開けて声をかけてきた。

「大丈夫。あと、小百合。今日は直帰でいいわよ」

「了解です。課長」

小百合がおどけて言い、手を振ってからクルマを発進させた。

料亭に入ると、女将に奥の座敷に案内された。

それにしても三雲がなんでこんな場所に呼んだのか、腑に落ちなかった。

署長とはいえ、大きな署でもないのだから、接待費が使えるはずもない。

しかし襖を開けてすぐに、この料亭にした意味を理解した。

和室に入ると、上席に代議士の花坂《はなさか》与一《よいち》が座っていて、若い女の子から酌を受けていたのだ。

花坂は美佐子の姿を見ると、破顔して手招きした。

「おお、きたきた。いやあ相変わらず美人だねえ」

（なるほどね……そういうこと……）

先日、美佐子は日本カジノ観光業促進議員連盟、いわゆる「カジノ議連」の調査報告会というところに警察庁の人間として出席し、花坂と名刺交換した。

花坂はカジノ議連の一員で、カジノの利権を握るひとりである。

和室に入ると、テーブルの横に座っていた三雲が、花坂の隣に座るようにうながした。

（ああもう……いきなり、いやらしい視線……）

美佐子はジャケットにグレーのタイトスカートだ。

花坂の視線がスーツの胸元、そして座ったときにズレあがったスカートからのぞく太ももに注がれるのを知覚する。

「そんなに緊張しなくてもいい。堅苦しいのは抜きにしよう」

花坂が落ちくぼんだ目を細めて、美佐子を見る。

確か七十近いハズだが、欲の皮が厚いのか肌が脂ぎってツヤツヤしている。

「せっかく先生がそう言ってくれてるんだ。キミも上着を脱いだらいい」

三雲が言う。

「はい」

美佐子はスーツのジャケットを脱ぎ、白いブラウスを見せる。バストを見つめる花坂の視線がさらにきついものになる。

四十二歳の美佐子は、アラフォーとは思えぬ張りのある九十センチのGカップバストを誇り、確かにかなり目立つのだが、それでもここまでジロジロと胸元を見つめられることはそうそうない。

三雲は美佐子からジャケットを受け取ると、それを女将に手渡した。

女将はそれを持って、和室から出ていく。

「遅くなりまして申し訳ございません」

美佐子が花坂に頭を下げると、三雲が花坂の相手をしていた若い女に向かって言った。

「キミはもういいよ。ほら、麻生くん。キミが先生にお酌して」

三雲が若い女の子を人払いし、美佐子に酌をするよう勧めてくる。

女の子は女将と同じように、そそくさと部屋を出る。

美佐子は言われたとおり、あぐらをかいた花坂の隣に座った。

「失礼します」

瓶ビールを持ち、花坂についでやる。

花坂はグラスのビールを一気に呷った。

「うまいなあ。美人に酌をされると味が違うもんだな。警察キャリアにもこんな色っぽい美人がいるとはおそれいったよ。一目惚れしてしまって、三雲くんに一席設けてもらったというわけだ。黙っていてすまなかったね」

花坂が慇懃に言う。

しかし、行動は実に粗野だ。

いきなり花坂の左手が、ミニスカートからのぞくパンスト越しの太ももの上に置かれ、美佐子はビクンと肩を震わせた。

（こんの、スケベジジイ……！）

眉がひくひくする。でも、ここはガマンだ。

カジノ利権と警察の癒着……。

ありうる話だ。これは実に興味深い。

美佐子はこのスケベジジイの接待を、今日だけはガマンしようと腹を決めた。

「キミも一杯どうかね」

花坂に抱き寄せられる。

酒臭い息がもろに顔にかかって、一瞬、顔をしかめる。

「あの、私……アルコールは……」

断ると、花坂はフンと鼻を鳴らす。

「夜の席は楽しくいかんとな」

言いながら、太ももに置かれた手でさわさわと撫でられる。

（ああ、もう……気持ち悪い……）

むっちりした太もものしなりを楽しむように、内ももをじっくりと撫でまわしながら、さらに花坂の手は、美佐子の内もものあわいに滑り込んでくる。

「ンッ……」

太ももの間に手を入れられて、美佐子は驚き、顔を強張らせた。

もう少しでスカートの中にまで手が侵入してきそうで、さすがに美佐子も太ももをギュッと閉じ、花坂のいやらしい右手を両手で押さえつけた。

（ちょっと、いやらしすぎ……）

「そういえば美佐子くんはいくつなのかな。女性に歳を訊くのも失礼だが」

太ももの間に手を忍ばせる方がよほど失礼だと思いつつ、美佐子は、

「四十二です」

と正直に伝える。

「ほう。四十二歳の人妻か。なるほど、これはたまらんな」

太もものあわいに入っていた花坂の右手が抜けたと思ったら、今度は背後からブラウス越しに胸のふくらみをつかまれ、ぐいぐいと揉みしだかれた。

「あっ、い、いやっ」

美佐子は反射的に身をよじった。しかし花坂の右手はおかまいなしだ。たわわに実った乳肉に指を食い込ませてくる。

「は、花坂先生、ちょっと、その手は……」

美佐子がやんわりと拒絶するものの、花坂はニヤリと笑い、

「スキンシップじゃよ。ククッ。キミともっとお近づきになりたくてな。キミのことはきちんと上層部に伝えておくから安心したまえ」

ついに花坂が、直接的な取引を持ちかけてきた。

出世させてやるからセクハラさせろということらしい。

(仕方ないなあ、もう……)

「あの……花坂先生……」

美佐子は、花坂にしなだれかかりながら、ちらりと三雲を見る。

花坂はとたんに鼻の舌を伸ばし、三雲に顎で合図するのが見えた。

「それでは先生。失礼いたします」

三雲が立ちあがって和室から出てしまうと、花坂は背後からさらにじっくりと乳房を揉みしだいてきた。

まるで大きさや弾力を推し量るような、いやらしい手つきだ。

「すごい乳だのお。サイズはどれくらいかね」

花坂がいよいよセクハラ丸出しの言葉をかけてくる。

(なんでそんなこと言わなきゃならないのよ)

美佐子は唇を噛みしめ、ニコニコしてやり過ごそうとした。

だが、花坂は執拗だった。

「ほうら、サイズだよ。そうだ。当ててやろうかね。この揉み心地は……ふーむ、どうだろう。八十八センチのFカップってところかな」

背後から乳房を揉みしだきながら、花坂が耳元でねっとりと囁いてくる。

おそらく答えるまでやるのだろう。

美佐子は観念した。

「じ、Gカップ……九十センチのGカップです」

「Gカップ！　ほうほう、それはすごいぞ。そんなに大きいのに、まったく乳肉が垂れていないようだなあ。たまらんぞ」

やわやわと揉みしだきながら、花坂の鼻息が荒くなる。

（……このスケベッ！　ああん、首筋にお酒臭い息を吹きかけないで）

美佐子は眉間に悩ましい縦ジワを刻んだ。

花坂がいよいよ背後から抱きしめてきて、美佐子のミドルレングスのツヤツヤした黒髪をクンクンと嗅いでいる。

「いやあ、色っぽい匂いがするな。まさか人妻とは思わなかったが、こうして抱いてみると、意外と体つきがムッチリしてるんだな」

言いながら、花坂が身体の下に手を入れてきて、タイトスカート越しのヒップをギュッとつかんだ。

美佐子は思わず「あんっ」と艶っぽい声を立ててしまう。

「ほう。勝ち気でクールな捜査官も、なかなか女らしい声が出るじゃないか」

「ううっ……あっ……」

花坂は背後から美佐子の乳房を片方の手で揉みしだき、もう片方の手でヒップを撫でつける。

（くうう……気持ち悪いったら……）

と、思うのだが、花坂の愛撫は的確に女のツボをついてきていた。

かなり女慣れしている手つきだ。

「フフフ……この尻もたまらんのお。旦那にたっぷり可愛がられているのかね」

「そ、そんなこと……」

美佐子はカアッと紅潮した。夫との営みはご無沙汰だったが、そんなことを人前で言うつもりなどない。

「ん？　答えられんところを見ると、していないのかね。捜査官といえども四十二歳の女盛りじゃあ、欲求不満気味だろう？」

（だ、誰が欲求不満なの。勝手に決めつけないで）

美佐子は心の中で非難する。

だが、男に触れられたのは久しぶりなのは間違いない。

気持ち悪いのに、身体が火照りを感じるのは、花坂の愛撫がうまいだけではないようだ。

（ただでこの身体をあげるつもりはないわよ）

美佐子はしなだれかかるフリをしながら、訊いた。

「あの……花坂先生は、三雲署長と仲が良かったんですね」

肩越しに言うと、花坂は「ん？」と顔を曇らせた。

「そんな話はいいだろう」

花坂はギュッと乳房を鷲づかみしてくる。

「あんっ……だって、私を出世させてくれるんでしょう？　いろいろ先生のことを知っておきたいわ」

美佐子はとろんとした双眸《そうぼう》で、花坂を見つめる。

「フン……まあいいじゃろう。ヤツとは三年ほど前に、カジノ議連の会合で知り合ったかな。まあ警察もカジノの利権が欲しかったんじゃろう」

花坂があっさり言った。

「利権ってやっぱりおいしいんでしょうね」

美佐子が言うと、花坂がニヤニヤ笑った。

「その話の続きはあとでしよう。まずは、ククッ……」

花坂は不気味に笑いながら、畳の上に両脚を投げ出した。

そうして両手で美佐子の腰を持つと、自分の方に強引に引き寄せ、自分のスラックスの股間の上に美佐子を座らせた。

（うっ……い、いやっ……何をするのよ）

ちょうど子供が抱っこされるような格好である。

花坂の上に乗せられ、背後から抱きしめられる。花坂の股間が下からヒップに押しつけられた。

（な、なんて硬いの……）

スカートの布越しにも、花坂の男性器の漲りが伝わってくる。

七十近いにしては恐ろしいほどの昂ぶり方だ。バイアグラでも飲んでいるんだろうか。

「ウヒヒ……悪くない勃ちっぷりだろう？」

セクハラ発言をしながら、花坂はぐいぐいと股間を美佐子の腰に押しつけ、乳房を背後から揉みしだいてくる。

さらにはもう片方の手が、タイトスカートの中に忍び込み、ストッキングとパンティに包まれた恥ずかしい部分を撫でさすってくる。

「あっ……！　くぅぅ……」

美佐子は、ぶるっと震えた。

おぞましい指が、的確にパンティの上から亀裂をなぞってくる。股間がズキズキと熱を帯びてきてしまう。

「しかし、キミのようなエリートが性犯罪対策課だって？　本庁に戻ってもっとしかるべき役につくべきだろう。私からも助言してあげよう」

「ありがとうございます」

目の前に餌をぶら下げられた。

美佐子は身体の力を抜き、拳をギュッと握りしめた。

抵抗をやめた美佐子の顔を、花坂は無理に肩越しに振り向かせる。そしてあろうことか、いきなり唇を重ねてきた。

「ムッ！　ムウウ！」

いきなり背後から肩越しに唇を奪われ、美佐子は大きく目を見開いた。

花坂の酒臭い息と、ナメクジのようなぬらぬらした舌が不快だ。唾液も口移しにたっぷりと注がれる。

美佐子は嘔吐感を堪えながらも、唾液をなんとか嚥下する。

唇を奪われたショックは大きいが、美佐子は表情には出さずに、うっとりした顔を見せる。

「フフッ、そういえばまだ答えを聞いてなかったな。で、旦那とはどれくらいご無沙汰なのかね」

美佐子を自分の股間の上に座らせながら、花坂はまたねちっこく、美佐子のブラウス越しの乳房を揉みしだき、いやらしい質問を続けてくる。

「ふ、普通です……普通に夫婦生活をしているだけです」

「普通とは？　じゃあ、最後に夫婦でセックスしたのはいつだね」

「そ、それは……あ、ああっ……ああん……」

花坂の指がまたスカートの中をまさぐってくる。

（い、いやっ……す、するなら、こんなにねちっこくしないで、さっさとしなさいよ）

美佐子の顔はすでに真っ赤になっていた。

ブラウスの下の腋が汗で湿ってきた。

ハアハアと息も弾みはじめている。

おそらく花坂は、答えにくい質問をしながら愛撫して、美佐子の気を削ごうとしているのだろう。

だがその老獪なやり方は効果てきめんだった。

恥辱の質問に、美佐子の余裕がなくなってくる。

「さ、最後は……二年前くらいです……」

美佐子は消え入りそうな声で言う。

どうせ取り繕っても、羞恥の時間が長引くだけだ。ならばもう正直に言って、少しでも早く終わりにしたかった。

「二年前? それは普通ではないぞ。セックスレスじゃないか」

花坂の声が弾んだ。

「欲求不満なんだろう?」

「ち、違います」

花坂が鼻息荒く、背後から手をまわして美佐子のブラウスのボタンを外し始めた。

前を割られ、ブルーのブラジャーに包まれたバストがあらわにされてしまう。

「ほおお。これが九十センチのGカップか。すさまじいな」

いまにもヨダレを垂らさんばかりの声が耳元で聞こえた、花坂は間髪いれず、ブラカップをズリあげた。

「あっ……やっ、ちょっと……先生……」

乳房をさらされ、美佐子は慌てる。小豆色の乳首がせりあがってしまっているのが恥ずかしい。

「ククッ。四十二歳の人妻にしてはキレイな乳首じゃな。おおっ、もげそうなほどビンビンじゃないか。たまらんわい」

(いやだ……もしかして、ここでする気なの?)

杞憂は当たった。

畳に上に押し倒された。

さらにタイトスカートのホックを外され、爪先から抜かれてしまう。

そしてパンティストッキングと白いパンティに指をかけられて、まとめて一気にズリ下ろされた。

3

「ヒヒッ……これはいやらしい。なんていやらしい身体だ」

花坂の熱い視線がGカップのバストを這いまわり、さらに腰のくびれから下腹部へと流れていく。

「先生、性急すぎます……せめてベッドのあるところで」

美佐子が訴えるも、花坂は聞き耳を持たず、畳の上で組敷きながら生乳を揉まれた。

「んっ、んふっ」

鮮烈な刺激が身体を貫き、思わず腰を浮かせてしまった。媚肉がカアッと熱くなり、そして肉襞がざわざわと蠢きはじめてきた。

「ンッ、ンンッ！　ま、待って……待ってくださいっ……先生」

美佐子は慌てた。

こんなに心地よいものだったのかと、二年ぶりに思い出してしまったのだ。

（くううう……い、いやだわ……こんなに疼いていたの……？）

全身が熱くなって、もう触って欲しくてたまらなくなってきた。

二年間のセックスレスで、やはり肉体は欲していたようだ。

「ククッ……Gカップは見た目だけじゃなく、揉み心地も最高だな。しっとりして柔らかいのに弾力がある。とても四十二歳の人妻とは思えぬ、張りのある乳じゃのお」

花坂は笑いながら、ぐいぐいと双乳を揉みしだく。

「くっ！　ううっ」

指が乳肉に食い込み、指先でこりこりした乳頭をいじられる。

美佐子は思わず甘い声をあげそうになって、素早く唇を噛みしめた。

（こ、こんな……一体なんなの……ああ……や、やめて、そんないやらしい揉み方をしないで……）

美佐子は心の中で悲鳴をあげる。

子宮の疼きが増してきて、いてもたってもいられなくなってきた。

もっと触って、もっと舐めて。

全身が、たとえ醜悪で欲深い男であろうとも、愛撫を求めてしまっている。

「なかなか感じやすいんだな。それとも、久しぶりで身体が疼いてしまうのかのお」

花坂に見透かされて、美佐子は視線を逸らした。

「当たりのようじゃな」

気味悪くイヒヒと笑ったのち、花坂はねちょねちょした舌先で、美佐子の乳首をねろりと舐めてきた。

「あっ！　くぅぅ！」

汚らしいのに……。

なのに、切ない刺激が乳頭から広がっていき、美佐子は腰を浮かせてしまう。

「ククク……」

反応がよかったのが嬉しいのか、花坂の愛撫にますます熱がこもってくる。

片方の乳房を揉みしだかれ、もう片方の乳首をねろねろと執拗に舐めまわされる。

興奮しているはずなのだが、決して急がない。

じっくりと時間をかけた、ねっとりとした巧みな愛撫に、美佐子の腰がもどかしそうに左右に揺れる。

「ぁああ……あああ……ぁぁ……！」

（か、身体が……身体が疼いちゃうぅぅ！）

いくら自分を律しようとしても、身体は敏感に反応してしまう。

ねちねちと舌で舐め転がされると、乳頭が尖っていくのがはっきりとわかる。

「ククッ……こりゃあすごい。乳首がビンビンに勃起してきたぞ」

花坂は乳首と、羞恥に顔を赤らめる美佐子の表情を交互に見ながら、なおもしつこく先端を舐め、ふくらみをつぶすように揉みしだいてくる。

あまりの熱っぽい愛撫に、美佐子の身体が汗ばんできた。花坂の手がぬめるほど、おっぱいは汗ばみ、ムンとするような甘い発情の匂いが立ちのぼってくる。

「あ、あうう……先生っ……ああんっ……そ、それだめぇ……」

（くううう……だめっ……だめなのに……）

生理的に嫌悪する男に愛撫されて、興奮が高まっていく自分が信じられない。

美佐子は指の背を嚙み、甘い言葉をガマンしようとする。

「フフッ。ここまできて慎ましやかなところを見せようというのか……いいんだぞ、もっと本性を見せてみろ。乱れた顔を見せるんだ」

美佐子は畳の上で組み敷かれたまま、両脚を大きく広げさせられた。

4

「あっ、い、いやぁぁぁ！　先生、なにをなさるんですッ」

両脚が顔の横につくほど引っ張られて、そのまま押さえつけられた。

美佐子は畳の上で恥部が丸出しの状態——。

いわゆるまんぐり返しという、卑猥な格好にされてしまった。

「ムフフ、エリート官僚のご開帳か。たまらんよ」

剝き出しになった女の恥ずかしい部分を、花坂が爛々と目を輝かせて覗き込んでくる。

「み、見ないでッ……！」

美佐子は羞恥に赤く染まった美貌を振り立てた。

開いた脚を閉じようとしても、意外なほど花坂の力は強く、バタつかせることしかできない。

あられもなく開ききった女性器に、舐めるような花坂の視線がまとわりつく。

（くぅぅぅ……な、なんていやらしい男なの……）

「先生、お願いです。ふ、普通に……普通に抱いてくださいっ」

これほどの恥辱は初めてだった。

女の花どころか排泄穴まで見えてしまっているだろう。

美佐子は羞恥に顔を真っ赤に染め、いやいやしながら訴えた。

「ムフフ、これが普通じゃよ。ムウウ……実に具合のよさそうなおま×こをしとるじゃないか」

花坂は美佐子の花弁を眺めてから、人差し指と親指を美佐子の肉厚の土手にあてがい、ぐいと大きく割り広げる。

「あっ、あんっ」

さらけ出された身体の内部まで熱い視線が注ぎ込まれる。

「中もキレイな薄ピンクで……おやあ。もうこんなに濡れているとは」

「だ、だめですッ……だめですっ……先生ッ。こんな……こんな場所……料亭の中でなんて……」

こんな場所で……。

恥ずかしいのに、子宮の奥がジクジクする。

女の園が発情しているのがわかる。

花坂が手を伸ばし、美佐子の薄桃色の粘膜を指でいじる。

ぴちゃぴちゃといやらしい水音が湧き立った。

「安心したまえ。私が言わねば、誰もこの部屋には来ない。しかしこれはすごいな。穴が小さくて、締まりもよさそうじゃないか。どうれ……」

花坂はうわずった声をあげながら、いよいよ美佐子の膣穴に指を入れてきた。

ぬぷぷぷ……！

「ううぐぅ！　あっ、あっ……あああっ……」

疼いていた場所を指で犯されて、美佐子はあまりの気持ちよさに腰を浮かせてしまう。

「クくッ……おいおい、美佐子くん。そんなに指を食いしめたら、ちぎれてしまうよ」

花坂はニヤニヤしながら、何度も指を出し入れさせる。

「ああっ！　ああんっ……ああっ……はああ……」

指が肉襞をこするたび、甘い刺激が立ちのぼってきてしまう。発情した匂いと汗のツンとした匂いが漂ってきて、恥ずかしいことこの上ない。

（も、もう……だめっ……だめっ……）

ガマンしようと思っても、もうできるものではない。

美佐子は恥ずかしいまんぐり返しのまま、開かされた両脚をぶるぶると震わせる。

捜査官であっても美佐子は人妻、しかも夫のいる身である。

それでも任務のため、身体を使うことは厭わない。

でもそれは演技の範疇だ。

こんな風に、本気で感じてしまってはダメだし、みじめでならない。

(あああ……それなのに……それなのに……本気で感じちゃう……)

なんてあさましい……そう思いつつ、もっと触れて欲しいと美佐子はスレンダーな身体をくねらせる。

「フフッ……本当に……四十二歳の人妻とは思えん可愛いアソコじゃ」

続けざま、花坂は舌先を伸ばし、美佐子の花びらをねぶってきた。

「ああっ！　あぁッ！」

おぞましい舌でぴちゃぴちゃと粘膜を舐めしゃぶられ、美佐子はたまらずに、まんぐり返しのままヒップを悶えさせた。

さらにその舌はクリトリスをとらえ、指先がアヌスも弄ってくると、もう美佐子の頭は真っ白になってしまった。

「はああん……いやぁ……ああっ、ああっ……」

花びらとクリトリスと排泄穴を同時に弄られ、おぞましさと同時に得も言われぬ快感が襲ってくる。

「ああんっ、せ、先生ッ、だめっ、はああん、それだめっ……はあああん……いやっ、あああああっ」

大股開きでお尻の穴まで舐めつくされる。

そして次には花坂に抱きかかえられて、腋の下から爪先までじっくり舐められた。

舌と指であらゆる性感帯を刺激され、美佐子はもう息も絶え絶えだ。

（イッ……イクッ……イッチャうう……）

美佐子が昇りつめようとしていたときだった。

ついに花坂がベルトを外し、ズボンとパンツを脱いできた。

もう頭が痺れきっていて、抵抗など無理だった。

「ククッ、ほうら、欲しかったモノだぞ」

花坂が滾った下腹部を見せつけてくる。その分身はとても七十に届こうとする男とは思えぬほどギンギンに漲って、大きく反り返っていた。

5

「すごいっ……花坂先生……硬いわ……硬くてすごく熱い」

美佐子が、細くてしなやかな指で肉茎をゆったりとシゴいている。

（おお……た、たまらんぞ）

ストレートの黒髪が似合う理知的な美人であり、スーツの上からでもプロポーションのよさがわかるほどスタイルのいい美熟女、麻生美佐子。

エリート警察官僚であるという気高さも魅力であり、報告会で初めて会ったときから、なんとか物にしようと思っていたのだ。

それがようやく念願が叶い、美佐子を抱けた。

しかも自分からペニスを欲しがるほど、昂ぶらせてやったのだ。これほどの歓喜は久しぶりだった。

花坂は落ちくぼんだ目を細め、畳の上で仰向けになりながら、美佐子の手コキにうっとりしていた。

「ククッ、いいぞ。少し根元を強めにシゴいてくれ」

花坂が言うと、上に乗っている美佐子は恥ずかしそうに目元を赤らめ、眉をハの字にした悩ましい表情をしながら、輪をつくった指で根元をキュッ、キュッとこすってくる。

（おお……いいじゃないか……）

あの麻生美佐子が、おっぱいや尻や下腹部を丸出しにして奉仕してくる。

最初はずいぶんとイヤそうだったが、ねちっこく愛撫を続けていくと、身体がビクッ、ビクッと震えてイク寸前まで昂ぶらせたのがわかった。

今やもうかなり従順だ。

(エリートも女だったというわけだな……)

花坂は、上体だけを起きあがらせ、手コキする美佐子の髪を撫でてやる。

「キミがこれほどまでに出世に燃えていたとはなあ。だが、こういうやり方は賢いよ」

「は、はい……どうぞ私の身体でよかったら……」

美佐子の目が、今は花坂の男性器を見つめて、うっとりとしている。

美人のキャリア官僚の彼女は、優しい顔立ちではあるが、凛《りん》としていて気の強さも垣間見せていた。

そんな彼女が、一心不乱に屹立を指であやしているのだ。

今まで散々いい女を抱きまくってきた花坂でさえも、興奮しないわけにはいかなかった。

花坂は懸命に手コキする美佐子の頬を撫でてやる。

すると美佐子はまるで猫のように、花坂の手のひらにすりすりと頬をこすりつけてからズリズリと身体を下げていき、股ぐらに四つん這いになって、おもむろに肉棹に顔を近づけていく。

分身に温かい息がかかり、熱い舌でねろりねろりと裏筋を舐められた。

「お、おお……」

その巧みな舌遣いに驚いて美佐子を見る。と、美佐子は黒髪を手ですきあげて耳にかけ、

「気持ちいいですか？」

と、甘えるように言う。

「ああ、たまらん」

言うと、美佐子は花坂の黒いペニスの根元を握り、今度は亀頭部をちろちろと赤い舌であやしてきた。

「くおっ……」

舌先が敏感な鈴口に触れる。

痛烈な快美が全身を貫き、花坂は思わず腰を震わせる。

と、美佐子は花坂のその様子を見つめ、にっこりしながら屹立に唾液まみれの舌を這わせていく。

「おうう、い、いいぞ……うまいじゃないか、美佐子くん。凛とした顔で仕事をするよりも、おしゃぶりしている顔が可愛いぞ」

花坂がニヤリと笑ってからかうと、美佐子は美貌を恥ずかしそうにバラ色に染め、言わないで、とばかりに大きく口を開けて切っ先を咥え込んだ。

「おおお……」

ぷるるんとした柔らかい唇が亀頭部を覆ってくる。

美佐子の温かい口内の感触があまりに気持ちよくて、花坂は天井を思わず仰ぎ見る。

美佐子は、花坂の反り返った肉竿の半ばまで咥え込んで、ゆったりと前後に顔を打ち振ってきた。

「ううん、ううん……うっ、んっ」

鼻息を漏らしながら、美佐子は花坂の勃起の表皮に唇を滑らせる。

その口の温かさに包まれながら、美佐子の唇の感触を楽しんでいると、また年甲斐もなく、美佐子の口の中で屹立が硬くなっていくのを感じる。

「い、いいぞ……もっと深く咥え込め」

花坂が命令すると、美佐子は言われたとおりに大きく口を開けたまま、勃起の根元近くまで頬張っていく。

「おおっ!」

花坂は大きくのけぞった。

美佐子が情熱的に前後に顔を打ち振り、時折、勃起を口から吐き出しては、裏筋や亀頭冠の裏側を舌で刺激してくる。

純粋なテクニックでいえば、もっとうまい女はいくらでもいた。

だが今、四つん這いで股ぐらに潜って奉仕しているのは、女優ばりに美しい人妻捜査官なのだ。

貞操観念の硬そうな女を従わせているというのが、たまらなくそそる。

しかも美佐子は美人なだけでなく、スタイルもバツグンである。

下を見れば、悩ましいGカップの生乳が下垂して、たゆんたゆんと揺れている。

さらに持ちあげたヒップが、くなっ、くなっと誘うように左右に動いてしまっている。

「フフ、これはたまらんぞ」

花坂は仰向けのままそっと手を伸ばし、美佐子の揺れるたわわなふくらみを、下から揉みしだいた。

「んっ……」

ペニスを咥えていた美佐子がビクッと震えた。

やわやわと乳房を揉むと、指が乳肉に食い込んだ。たっぷりとした肉の重みを感じる。垂れたところもなくて、熟女にしては立派なおっぱいだった。

巨乳だから乳輪も比例してかなり大きく、蘇芳色の色素の沈着が見える。小豆色の乳首が、ますます充血してせり出していた。

「いやらしい乳首じゃのお」

花坂はじかに美佐子の乳首をつまんで、キュッとひねった。

すると美佐子は、もうだめっ、という感じでちゅると勃起を吐き出し、

「んっ……ああんっ……先生っ、それだめっ……ああぁっ」

と顎をせりあげて、ぶるぶると震えだす。

「フフ、乳首はよほど感じるんじゃのお」

「ああん……言わないでください」

美佐子のせわしない息づかいの間にも、女の媚びが感じられる。

「先生……あぁっ……ああんっ……」

彼女の目がいっそう物欲しそうに、うるうると潤んでいた。

「欲しいのか？」

花坂が意地悪く訊けば、美佐子はつらそうに眉をひそめ、ためらい顔を見せてきていたものの、やがて顔をそむけながら小さくコクンと頷いた。

「なにが、どこに欲しいんだね」

とことん辱めてみたいと花坂は焦らす。

美佐子は耳まで真っ赤にして、小さくぽつりとつぶやいた。

「ア、アソコです」

「それではわからんなあ」

花坂の返事に、美熟女は泣きそうな顔で見つめてくる。

その羞恥にまみれた表情が妙に色っぽくて、股間がググッと持ちあがる。

やはりプライドの高い女は辱めるに限る。

こんな扱いなど受けたことがないのだろう。

狼狽えた顔がたまらない。

美佐子は恨めしそうな顔で花坂を見つめていたものの、やがてあきらめたのか、
また顔をそむけて言った。

「お、おま×こ……わ、私の……おま×こに、先生のオチ×チンをください。美

佐子の中をかき混ぜて……」

カアッと顔を赤らめた美佐子が、言ってしまったと後悔するように、ふるふるとかぶりを振った。

「ククッ……素直な女は可愛いぞ。どれ」

ネクタイを外し、シャツを脱いで全裸になると、花坂は仰向けにした美佐子の顔をゆっくりと跨いだ。

6

美佐子が「えっ」という顔をしたのを尻目に、花坂は美佐子の顔を跨いだまま、身体の向きを変えて、美佐子の仰向けの肢体に上から覆い被さっていく。

シックスナインの体勢だった。

目の前に濡れそぼる女の秘部があり、美佐子の顔の前には男根があった。

シックスナインの体勢で、花坂は美佐子に言った。

「ほうら、しっかり咥えんと弄ってやらんぞ」

花坂が股間から覗き見ると、美佐子はイヤイヤと首を振っている。

「そ、そんな意地悪なさらないで……」

美佐子の目が濡れきっていた。

もう入れて欲しくてたまらないという表情だ。

「舐めたまえ。しっかり舐めたら、入れてやろう」

そう言うと、美佐子は花坂のイチモツの根元を持って角度を変え、亀頭部に唇を被せてきた。

「おうう……」

先ほどのフェラチオより速いピッチで唇を往復される。

強めの刺激と情熱的な美佐子の奉仕に、花坂は上で跨がりながら身体を打ち振るわせた。

「おお……た、たまらんぞ。ようしこちらもだ……」

シックスナインのまま、花坂は美佐子の秘部に顔を寄せる。

獣じみた発情した匂いがムンと鼻につく。肉厚の花びらの中心部からは透明の蜜がジワジワと垂れこぼれている。

「好きものめ。もうこんなに濡らして……」

花坂は美佐子を煽りつつ、ワレ目に舌先をくぐらせた。

「うっ！　んんっ、あああん……」

ガマンできないとばかりに美佐子が勃起を吐き出し、甘い声をあげて細身の身体をくねらせた。

本当に感じやすい身体だった。

花坂がねろり、ねろりと舌を這わせれば、そのたびに美佐子は愛らしくビクッ、ビクッと身体を震わせて反応する。

「ああん……あああっ……だ、だめっ……だめですッ……花坂先生」

美佐子は甘い悶え声を放ちつつ、上体を起こして今度は花坂を仰向けにさせると、その上に股がってきた。

「お、おお……な、なんだ……？」

「ウフフ、先生……今度はこっちの番ですよ」

美佐子は妖艶に笑うと、上になったまま情愛に満ちた目で花坂を見つめて、チュッ、チュッと唇に軽くキスをする。

そうして首筋から肩にかけて、ぬらりと舌を這わせてきた。

「おおお……」

花坂は快感に悶えつつも驚愕していた。

あのプライドの高い警察官僚の女が、男に跨がり鎖骨から胸板へとキスを這わせてくる。

さらには乳首をねろねろと舌で舐めながら、同時にイチモツを再び手でシゴいてくる。

(フフフ……いい女じゃないか。一度だけではもったいないな)

年甲斐もなく身体を熱くさせながら、花坂はニタニタと笑う。

「ウフフ、先生の乳首も硬くなってきましたよ」

タレ目がちの大きな双眸をとろんとさせ、美佐子が上目遣いに見つめてくる。

四十二歳の美熟女の、その表情がとてつもなく猥《みだ》りがましい。

そうしてシナをつくりながら、美佐子は絶妙な力加減で、花坂の分身を握ったり、ゆるゆるとシゴいたりする。

たわわなバストが太ももあたりに押しつけられている。その柔らかく弾力のある乳房のしなりも心地よかった。

「た、たまらんぞ……美佐子くん……これなら旦那もさぞ悦ぶだろう」

花坂はニヤリ笑って、美佐子の夫のことを口にした。

美佐子は一瞬つらそうな顔をしたが、すぐにまた淫靡な顔に戻って、花坂を見やってくる。

「夫のことは……おっしゃらないで」

出世欲で女を使おうとするも、まだ旦那のことを完全には忘れられない。

この人妻の貞淑さがたまらない。

サディスティックな花坂としては、その夫への気持ちを粉々にしてやりたくなる。

「ククッ。旦那のチ×ポより、今はワシのチ×ポが欲しいわけだな」

花坂が訊くと、美佐子はハッとしたような顔を見せるも、すぐに吹っ切るように瞳を潤ませてせがんできた。

「ほ、欲しいです……花坂先生のオチ×チン……」

「ククッ……どうしようもない牝犬だな。発情しおって。仕方ない。跨げ」

言いながら、花坂は仰向けに寝そべる。

「ああ……ありがとうございます」

美佐子は立ちあがると、まとわりついていた衣服をすべて脱ぎ、全裸になっていよいよ花坂に跨がっていった。

7

（うう、下手《したて》に出すぎたかしら……ああ……それにしても……なんて醜悪なの）

見下ろすとドス黒い肉棒が、まるでヨダレを垂らしているかのようにカウパー液を噴きこぼしてそり勃っている。

（ああ……ここまできたら……信頼を得るためには最後まで……）

夫とはセックスレスではあるものの、決して愛が消え去ったわけではない。それが……出世と任務のためとはいえ、夫以外の男のモノにされるのは、嗚咽をもらしたくなるほどつらいことだった。

「ん？ どうした？ 早く腰を落としてきたまえ」

畳の上で仰向けになった花坂が、下からいやらしい笑みをこぼして、待ち受けている。

（ああ……なにの、どうして身体が火照ってしまうの……）

この醜悪なものを身体の中に入れることは、汚辱と屈辱しか考えられない。なのに身体の奥がずっと、うずうずするような掻痒感に苛まれている。

（だめだわ、せめて）

美佐子はくるりと後ろを向いた。

花坂の投げ出した脚の方を見て、ゆっくりと腰を落としていく。

「なぜ、こっちを向かないのだね」

花坂が少し苛ついた口調で言った。

「あら、背面騎乗位の方が、女性は気持ちいいところにあたるんですよ」

美佐子は言い訳じみたことを言う。

花坂は納得したようで、ククッといやらしく笑った。

「エロい牝犬よのお。ふふん、よかろう。最初は美佐子くんのお望みの体位で犯してあげよう」

（最初はって、何度も抱くつもりなの？）

こんなスケベジジイに二度も三度も身体を差し出すつもりはなかった。一度でイカせてしまえば……。

美佐子は大きな尻を花坂に向けながら、ゆっくりとしゃがんでいく。

花坂の顔を見ずにできるのがせめてもの救いだ。

美佐子は花坂の勃起をつかんで角度を変えつつ、自らの股の間に差し入れると、そのままの体勢でM字に開脚させ、腰を落としていく。

（ああ、ごめんなさいっ……あなた……許して……）

生温かな切っ先が、ズブズブと秘肉をえぐり抜いてくる。

「うっ、うぐぐ……」

凄まじい圧迫感に、美佐子は呻き声を発して腰を震わせる。

とても還暦をとうに過ぎた男のモノとは思えぬほど、分身は硬かった。

フェラチオをしていたときから思っていたが、その逞しさたるや夫の比ではなかったのだ。

（くぅぅぅ……）

夫以外の男のモノにされた罪悪感や、汚辱すら消し飛んでしまうほどの、おそろしい嵌入《かんにゅう》感だった。

美佐子は顎をせりあげ、凄艶な表情のままに歯を食いしばった。

しかし、メリメリと音を立てるほど、膣口を押し広げていく逞しさは想像をはるかに超えていた。

あまりに迫力に一瞬、気が遠くなりかかった。

「おおお……」

花坂が呻いた。

亀頭部が媚肉をこすってきた。

(だ、だめっ……声が……)

下から花坂が腰を浮かせて突きあげてくると、息もできぬほどみっちりと貫かれた。

「ああんッ！ 硬いっ」

美佐子はもうたまらないと声を発した。

夫では届かぬところまで深々と突き入れられてしまった。

美貌が歪み、冷たい汗が額ににじんでいく。

「ククッ……つながったのお。おお、いいおま×こじゃないか。たまらんよ。どうれ、顔を見せてみろ」

花坂は両手を伸ばし、美佐子の両膝の後ろを持って浮かせる。

美佐子の身体は、ペニスを支点にしてぐるりと反対向きに回転されられた。

(ああ……そ、そんな……)

下を見れば、花坂のニタニタした顔がある。

美佐子は騎乗位のまま、顔を打ち振った。

「ククッ、いいぞ。もっと濃厚接触しようじゃないか」

花坂は寝ていた上半身を起きあがらせて、あぐらをかいた。

そしてその上に美佐子の身体を座らせ、ギュッと抱きしめて密着させてくる。

愛し合う夫婦か恋人同士のよくやる、対面座位という体位だ。

（こ、こんな、こんな格好……い、いやぁぁぁ……！）

犯されている顔を見られるだけでも恥ずかしいのに、まるで好き合った同士のように抱きしめられるのは、怖気が走る。

だが花坂が下から身体を揺すってくると、もうそんな薄気味悪さなど吹っ飛んでしまい、快楽を貪ることしか考えられなくなる。

「あっ……あっ……だめっ……ああんっ……」

苦しげな息を吐きながらも、湿った女の声を漏らしてしまう。

「ああっ……あううん……ううん……ああっ……」

花坂が激しく腰を揺するにつれ、美佐子の尻は花坂の上でバウンドし、そのたびに硬くなった怒張で濡れる媚肉をこすられる。

美佐子の両手はいつしか花坂の太い首に巻きつき、バランスをとるようにしがみついてしまっていた。

「ククッ、美佐子くん。嬉しそうに締めつけてくるぞ」

「ああ……そんなことしてない……あああんっ……」

ごりごりと肉棒でこすられると、ジーンとした疼きが生じて、頭の中がとろけていってしまう。

いやなのに、演技しようと思うのに、本気で感じてしまったとろけ顔を花坂にさらけだしてしまう。自分の力ではもうどうにも抵抗できない。

「ククッ……いいぞ、もっといやらしく腰を振るんだ」

「だめっ、あああん……先生ッ……ああん、そんなにしたら……あああんっ」

甘く啜り泣く声が、口を衝《つ》いて出てしまう。

そのうち畳がきしむほど激しく突きあげられた。

美佐子も罪悪感を忘れて、双尻をバウンドしはじめる。

「ああん……いい……いい……ッ」

結合部から染み入るような快楽が広がっていき、しとどに愛液が漏れていく。

花坂がキスをしようと迫ってきた唇を、もう受け流すことすらできなくて、舌を入れられても、嬉しそうにこちらから舌をねちゃねちゃとからませてしまう。

「た、たまらないわ……先生ッ……ああんっ……あうぅ」

キスをほどいた唇からは、悦びの声しかあげられなくなっていた。

たわわなバストが揺れ弾み、美佐子は互いの陰毛をこすり合わせるほどに、上になったまま、ヒップをいやらしく前後にくねらせる。

「ああん……ああんっ……もう、もう……だめええ……」

美佐子は自ら動きながら、気持ちよさそうに存分に喘いだ。

花坂はククッと笑って、さらにグイグイと腰を揺すってくる。

「ああ、これはいいぞ……気持ちいいな、おお……で、出る。出すぞ、美佐子くん」

おぞましい宣言をされて、美佐子の身体が一瞬こわばる。

しかし、めくるめく快感にどっぷりと浸りきった美佐子は、もう抵抗する気力も失われていた。

「……きて……ッ……出して先生っ、たくさん……美佐子の中に出して」

おぞましい台詞を放ったそのときだ。

「おおお、いくぞ……ぐぉぉ」

花坂が雄叫びをあげて、腰をビクビクと震わせた。美佐子の膣奥にどっと熱いものが注がれていく。

「ああああん……あああ……あああ……！」

美佐子は生々しい呻きを発すると、花坂の上でその美しい背を大きくしならせ、きりきりと身体を震わせた。

ガクン、ガクンと大きく腰が振れて、頭の中が真っ白になっていく。

美佐子は息も絶え絶えのままで、花坂にしなだれかかっていった。

8

「ふーっ。いや、久しぶりに燃えたよ、美佐子くん」

花坂は手の甲で汗を拭い、ぐったりした美佐子を見て、ニタニタと笑った。

たっぷりと中出しされた人妻捜査官は、汗でぬめり上気した裸体を、畳の上に投げ出して、ハアハアと息を荒らげている。

（口惜しい……）

身体を投げ出したことはいい。もう覚悟ができていたことだった。

だが卑劣な男の手で狂わされて、久しぶりに女の悦びを極めさせられた、自分のふがいなさが許せなかった。

花坂はあぐらをかいて、スマホの画面を見つめている。

美佐子はあれ？　と思った。

確か、国会の答弁かなにかで機械音痴と言っていたはずだ。

「先生、スマートフォンをお使いなんですね」

美佐子が言うと、花坂は肩越しに振り向いた。

「いやあ、秘書に持たされているんだがね。正直、いまだになにがなにかわからん。電話とメールだけはなんとか使えるんだがね。こちらからメールなど出したこともない」

花坂が頭をかく。

「誰かに教えてもらうとか」

「あいにく秘書も面倒くさがって、最初に見てくれたあとは、私のスマホなんか見向きもしてくれん」

これだ……！

美佐子は思った。

「簡単なことでしたら私が教えて差しあげますわ。連絡先も交換しましょうよ」

美佐子が誘うと、花坂がニヤリ笑った。

「それはいいな。ムフフフ」

「やだわ、先生。またエッチなことを考えていらっしゃる」

美佐子が言うと、花坂は上機嫌でスマホを差し出してきた。

せっかくここまでやったんだから、しっかり情報はいただかないとね。

美佐子は花坂にバレぬよう、スマホを勝手に操作しはじめた。

第四章　オプションはバイブ

1

ホテルのラウンジで、仁藤千佳は中年男、前川《まえかわ》と談笑していた。

ただで談笑しているだけではない。

お金をもらって、会話しているのだ。

千佳の薄手のパーカの下は、高校生のときの白い半袖シャツと首元の赤いリボンで、穿いているのは同じく高校の時の赤いチェックのミニスカートである。

着るのは八年ぶりだった。

箪笥の奥を探したらまだ残っていたのだ。

胸のところは窮屈だが、ミニスカートの腰まわりはゆとりがあり、高校時代からウエストのサイズが変わっていないのが嬉しかった。

「それにしても可愛いねえ、ミサキちゃん。大人っぽくて色っぽくて、体つきも早熟でいいねえ」

前川がうわずった声で話しかけてくる。ミサキというのは源氏名だ。

女子高校生が働いていると言われているカフェ『どりーみん』であるが、千佳が女子高校に扮して「働きたい」と電話してみると、意外なことに十八歳未満はだめだと断られた。

なので今度はきちんと成人している女性として尋ねてみると、童顔が功を奏して採用されたのだった。

ただ、成人女性が女子高校生の格好をして、ちょっとエッチなサービスを提供する。

これでは普通の性風俗店だ。

だが、どうやら店には本物の女子高校生も混じっているらしい。千佳の任務はそれが本当なのかどうか暴くことである。

（最初の潜入捜査……緊張するけど、だけど絶対にうまくやって、真紀先輩に認めてもらうんだから……）

「嬉しいです、前川さん。でも私がホントに女子高生だったら、どうします？」

千佳が鎌をかける。

すると、前川が目を細めた。

「いやあ、ミサキちゃん、怖いこと言うなあ。あの店は十八歳以上でしょ？」

「ウフフ。冗談です。でも、女子高生のつもりで、ご奉仕しますから」

（なあんだ、ダメか……）

前川が店の常連だというから、一か八か訊いてみたのだが、見事に空振りしてしまった。

本当にあの店に、アンダー（十八歳以下）の子なんかいるんだろうか？

まあ情報通の理恵さんが「絶対」と言い張っていたから、ガセネタではないと思うのだが。

「女子高生のつもりか。いいねえ、ミサキちゃんは童顔で可愛いから、本物のJKに見えるよ」

前川はイヒヒと笑い、隣に座る千佳のコートの胸元や腰つきを見つめてくる。

二十四歳の若妻のバストは、十分に女らしいふくらみがあり、スリムでありな

がら も、腰つきには人妻らしい脂が乗っている。

高校時代の制服を着ているという気恥ずかしさも手伝い、顔が熱く火照ってきた。千佳が恥ずかしがっているのを見て、前川がまたニヤニヤする。

「さあて、じゃあ食事に行こうか。ただ。その前にこれを」

前川が紙袋を出してテーブルに置いた。

見てご覧というので開けてみれば、ピンクの可愛らしいブラジャーとパンティだった。だが、形は普通でも違和感があった。

ブラカップの中心部と、パンティのクロッチに小さなポケットがついていて、小さなウズラの卵のようなものが、そのポケットに入っている。

「あの……なんですか、これ」

千佳が眉をひそめると、前川はウヒヒと笑った。

「バイブだよ。ピンクローターっていう大人のおもちゃさ。こちらでリモコンを操作すれば、その三つは連動してブルブルと刺激する。あれ？　訊いてないの」

千佳は大きな目をさらに見開いた。

「ま、まさか……これを……？」

「そうだよ。オプションにあっただろう。食事にプラス料金でバイブプレイ」

言われて、そういえば店側に説明されたような気もした。

だが、昨日入ったばかりでまだ把握できていなかった。

千佳は心の中で後悔するも、遅かった。

「じゃあ、トイレで着替えてきて」

前川が上機嫌で言う。

ここでやらないとは言えないだろう。千佳は悲痛な顔で紙袋を持って立ちあがり、フロアの隅にあるトイレの個室に入る。

荷物を置き、パーカと白いシャツを脱いで、水色のブラジャーを抜き取ってから、渡された不気味な白いブラジャーを身につける。

（あん、もう……なにこれ……）

ブラカップの中心部が盛りあがっている。これではシャツを着ても乳首の先が不自然に盛りあがっているのが丸わかりだ。

（よくもまあ、こんなエッチなこと考えるわ……ホント、男の人って変態ばっかり……）

嫌だけど、これは任務だ。店と客の信用を得て、なんとか女子高生も働いているという確証をつかみたい。

千佳はミニスカートの中に手を入れて、穿いていたパンティを脱ぎ、ローターつきのパンティに脚を通した。

(あんっ……やだっ、こっちも……)

パンティを穿くと、ちょうど女性の恥ずかしいワレ目の部分にローターが当たるような仕様になっている。

直接ローターが、千佳のスリットに当たっているのだ。

(こんなものをつけさせて何が楽しいの。うう……動くと、こすれるし……ああん、早く終わって)

着替えてトイレの個室を出る。

歩くだけで乳首と恥肉に異物がこすれ、普通に歩くことはできずに、よちよち歩きになってしまう。

(ああ……もう……気持ち悪いったら……)

なんとかラウンジに戻ると、会計を終えたらしい前川が、ニヤニヤと笑って千佳を待っている。

「それじゃあ行こうか。予約してあるからさ」

肩を抱かれながらエレベーターの扉の前まで行き、乗り込んだ。

扉が閉まる。前川が二十八階を押す。

「フランス料理の店だよ。なかなか旨いんだよ」

言いながら、前川が千佳の肩を引き寄せる。

「ウフフ。楽しみだねえ」

ねっとり囁かれ、千佳はできるだけ引き攣った顔を見せないように、ぎこちなく笑う。

そのときだった。

ブラジャーの中に収められたローターが、ブーンと小刻みに振動した。

「あっ……」

千佳は思わずビクンッと身体を震わせて、うつむきながら両手で胸のところを押さえつける。

(う、嘘でしょ……こんなにいやらしく動くの……?)

どうせ玩具だろうと思っていた。

しかしあんなに小さいくせに、押しつけられた振動が乳首に伝わり、全身に甘い疼きが広がっていく。

千佳は太ももをよじらせて、脚をガクガクと震わせた。

「ああ……や、やめてくださいッ……」

身体が支えられなくなり、千佳は前川にしなだれかかりながら上目遣いに切実な目を向ける。

「ヒヒッ、色っぽい顔をするねえ。まだおっぱいのローターを動かしただけでこんなに感じちゃうなんて……こりゃあ、楽しみなディナーになりそうだ」

前川がニタニタした顔を向けてくる。

（こ、こんなのをつけたまま……ディナーなんて……）

千佳が恐れていたとおり、二十八階のフランス料理店は、いかにも高級そうな装いだった。

ひとつひとつのテーブルが離れているのはいいのだが、黒い服をきた給仕が大勢いて、客の動向をしっかりと見つめている。

しかも店内は静かで、もし感じた声をあげたり、おかしな素振りを見せたりしたら、たちまち注目を浴びてしまうだろう。

窓際のテーブルにつくと、窓からキレイな夜景が眺められる。

だが今の千佳に、そんな余裕はなかった。

白いテーブルクロスのかかったテーブルに向かいあって座る。

前川は給仕にワインを頼み、千佳はジンジャーエールを注文した。

食事はコース料理だ。

「いやあ、しかし可愛いねえ。目がくりくりしてて、ショートヘアが似合っていてアイドルみたいだ。まわりの視線がみんなミサキちゃんに向いたのに、気がついただろう?」

言いながら、前川は自分の手を伸ばして、テーブルの上にあった千佳の手を握ってくる。

人妻ではあるものの、可愛いと言われれば、まあ嬉しい。

前菜のサラダが運ばれてくる。

ブラジャーとパンティに当たっているローターを、いつ動かされるのか気が気でない。味などよくわからなかった。

予想に反して前川はローターを動かさず、ただ食事しながら話をしてくるだけだった。

ただその話が千佳のプライベートに関するものばかりで、ごまかすのに一苦労だ。どこに住んでいるのか、普段はなにをしているのか……もちろん千佳はまともには答えなかった。

こちらも素性を訊いてみたのだが、どうやら前川は教員関係者らしい。

心の中でこんな人に教えられる子は可愛そうだと思う。

メインディッシュが終わり、デザートのアイスクリームを食べているときだった。

前川が千佳を見てニヤリ笑った。

その瞬間、

「んっ……」

乳首に当たっていたローターが震え、千佳は思わずスプーンをテーブルの上に落としてしまう。

(やんっ……)

細かな振動が乳頭を刺激して、甘美な疼きを伝えてくる。

千佳はスプーンを拾いながら、前川を見る。

「ヒヒッ……可愛いねえ。顔が真っ赤だよ。さあ、早く食べないとせっかくのアイスクリームが溶けてしまうよ」

前川がリモコンを見せてきた。スイッチのスライドによって、何段階も強弱がつけられるようだ。いまの振動は「弱」らしい。

（こ、これで、弱……？）

今度はパンティの奥が震えて、膣口とクリトリスに甘い刺激が走った。

「う！　く！　くぅぅ！」

千佳は太ももをギュッとにじりよせ、奥歯を嚙みしめて懸命に甘い声が漏れるのを防いだ。

（ああん、も、もういやっ……）

手が震えて、うまくアイスクリームをすくえなかった。

両の乳首と女の秘部を、同時にローターで愛撫されている。腰が熱くなってきて、じっとしてなどいられない。

そのとき、三カ所のローターの振動がさらに強くなった。

「あんッ」

ビクンッと腰を跳ねさせて、千佳は舌足らずな声をあげた。

ラウンジの客や従業員の視線が、千佳に向けられる。

「どうかしたかい？」

前川がリモコンを見せながら、とぼけたことを言う。

「もうっ、や、やめてください」

千佳は熱い疼きを押しとどめようと必死だ。
ハンカチを出して、額の脂汗を拭う。
せめて当たる部分を変えようと腰を動かしたときに、また振動が強くなった。
「く！　くぅぅ！」
パンティの中で、膣口とクリトリスに押しつけられたローターは、ビィィィン
と小刻みに震えて、敏感な陰核と媚肉を揺さぶってくる。
（や、やめてぇぇ）
大声で叫びたかったが、そんなことができるわけはない。
「うう……ん……ん……」
千佳はうつむき、ミニスカートから覗くムッチリした白い太ももを、ギュッと
よじらせて、股間を両手で押さえ込んだ。

2

（か、感じるッ……ああ……こんな玩具なんかで……）
レストランの客や従業員が、千佳を盗み見ている。

無理もなかった。

二十四歳の人妻捜査官は、高校生と見紛うばかりの美少女っぷりで、ミニスカートからは真っ白い太ももをきわどいところまで見せていた。

そんな美少女が腰をもじつかせて、妖しい吐息をもらしているのだ。周囲の人間が異様に感じるのも無理はなかった。

（い、いい加減に……して）

千佳はテーブルを挟んだ向かいの男を、恨めしげに見つめた。

前川はニヤニヤしながら、手に持ったスイッチをさらにもう一段階スライドさせた。

「ん……ンンッ……！」

（だ、だめっ……）

千佳は眉をきつくたわめた。

息づかいが乱れてしまう。

腰がとろけそうだ。

前川がスイッチを切った。ほっと息をついたとき、またスイッチを入れられ、急にブラとパンティの中のローターが動き出した。

「ううっ……くううう……」

千佳はうつむいて、ぶるぶると震える。

（やめて……お願いだから、やめてっ）

媚肉をなぶるローターの動きが活発になり、小刻みに愛撫されているような錯覚に陥る。

玩具だと思うのに、ずっと愛撫されれば、それがまるで人の手でいじられているような気になってしまうのだ。

（ハア……ハアア……あああ……バイブってこんなに……）

千佳はたまらなくなり、テーブルに手を置いて目を閉じる。

恥部が熱くなり、恥肉の奥から、新鮮な蜜がじわりと垂れこぼれたのがわかった。

（だ、だめっ……！）

わずかに顔をあげれば、前川がニヤニヤしているのが見える。

「感度がいいねえ。ククッ、もっと強くしてもいいんだけどねえ」

「ああ、もう許して……許してください」

千佳が哀願すると、前川がいったんスイッチを切った。

がっくりと弛緩し、ハアハアと荒い息をこぼす。千佳はうつむいたまま震える。胸が激しく波打っていた。

(ああん……はしたないわっ……なんでこんなに感じるの?)

この仕事をはじめてから連日深夜の帰宅で、夫ともすれ違いが続いていた。当然、セックスもここ何週間かご無沙汰だ。

だから感じてしまうのだろうか……。

そんな風に思っていたときに、またスイッチを入れられた。

「あっ……」

ふいをつかれ、千佳は抑えきれない喘ぎをこぼし、顎を突きあげた。熱い蜜であふれ、柔らかくなった媚肉を、さらに細かな振動で刺激される。とてもガマンできるものではなかった。

(アアアッ……そんな……ああッ……)

今度は一定の間隔で強弱をつけてきた。

千佳はなんとか唇を噛みしめ、漏れかかった喘ぎをなんとか呑み込んだ。

しかし、ガマンするのも限界だった。ふたたび、強くローターが振動し、乳首と秘部を同時に責められる。

(ああんっ……だ、だめっ……)

もうアイスをすくう気力もなくなり、スプーンを握りしめたまま、千佳はうつむいた。

「も、もう……お願い、無理です」

千佳が顔をあげ、前川に小声で哀願する。

だが前川はニヤッと笑い、リモコンのボタンをさらに強に近づけてスライドさせる。

「あっ、あんッ」

思わず甘い声を漏らしてしまい、千佳はハッとした。

まわりの目が一斉に向いているような気がして、うつむいたまま顔もあげられなくなった。

全身が火照り、汗が腋窩にしたたっている。

「フフッ……出ようか」

前川が紙ナプキンで口を拭ってから立ちあがった。

ローターがとまったので、千佳も慌てて前川のあとを追った。

3

「くっ……うう……あああん……もう、とめて……とめてください」

千佳は前川に寄りかかるようにして、すがるような目つきをする。

ホテルの通路を歩きながらも、前川はスイッチを入れたり切ったりして、千佳が反応するのを楽しんでいる。

敏感なワレ目はローターで何度も刺激を受けて、恥ずかしいことにパンティは、しっかりと濡れてしまっている。

ミニスカートだから、もしパンティのシミが見えてしまったら、と気が気ではない。

「しかし、可愛いねえ。もしかしてキミ、ホントに女子高校生？」

前川がふいに訊いてくる。

今まで頑なに「あの店に女子高校生はいない」と主張してきたのに、今の聞き方はかなり妙だ。

「ですから……ホントの女子高生だって、言ったじゃないですか？」

千佳が一か八かで話を合わせると、前川は不思議そうな顔をした。

「やっぱりアンダーなんだ。でもさ、それならなんでキーワードを教えてくれなかったの？ ウラオプもありなのかな？」

（やっぱり！）

ウラオプは裏オプションの略だろう。おそらく売春に違いない。

やはり店は十八歳以下を働かせているのだ。

「ごめんなさい。入ったばっかりなんで、聞き逃してたんです。キーワードってちなみに……」

もう少しいろいろ聞き出したい。

甘えるように前川の腕にしがみついて、おっぱいをギュッと押しつける。

すると前川が、急にそわそわしはじめた。

なんだろうと思っていると、ふいに腕を引っ張られ、通路のドアを押して中に引き込まれた。

「よし、いないな……」

前川がつぶやいた。

連れこまれたのは男子トイレだった。

千佳は慌てた。

「ちょっ、ちょっと……なにを……」

抗う間もなく、千佳はトイレの個室に押し込まれて、内側から鍵をかけられる。

「ごめん。もうガマンできないや。先払いね」

適当なことを前川は口にして、千佳の身体をドアに押しつける。

続けざまに鼻息荒く千佳のパーカの前ファスナーを下ろし、下に着ていた制服の白シャツ越しに、乳房をつかんできた。

「キャッ!」

「おお、や、柔らかいねえ……高校生らしく張りがあっていいねえ」

前川はウヒヒと気味悪く笑う。

(高校生じゃないんですけどね)

と思うのだが、高校生のように張りのあるおっぱいと言われて、悪い気もしない。

などと思っていたら、いきなり抱きつかれた。

「ち、ちょっと……やめてください……あっ……はううッ……!」

肩を抱きながら、シャツの上からいやらしい手つきで乳房を揉みしだく。

ブラジャーの布地についたローターが、乳首にグイグイと押しつけられて、甘い疼きが湧き立ってくる。

「ヒヒッ。高校生のくせに感度がいいねえ。あんまり遊んでいなそうなのに、体つきがエロいよ」

言いながら、ギュッとシャツの上からふくらみをつかまれた。

「あんッ」

千佳は思わず甲高い声を漏らし、ビクンッと身体を震わせる。

童顔だが、バストは悩ましいほどの隆起を見せており、お尻もかなり大きい。

落ち着いてみれば、千佳の肉体は成人した女性のそれなのだが、前川は、頭に血がのぼりすぎているのか疑問に思わないようだ。

「あんっ……やめてください……いやっ！　コースにこういうのはありませんから……」

千佳が本音で言う。

「だから、ウラオプありなんでしょう？　あとで払うからさ」

「あ、ありますけど。ちゃんと聞いてなくて、それよりキーワードって……？」

なんとか聞き出したいと、話を合わせると、

「そんなのあとでいいじゃん。ヒヒッ。ウラオプありなんだね。ミサキちゃん、ホントはいくつなの？」

最初は頑なに口を閉ざしていたものの、前川の警戒感はだいぶ緩んでいる。

「じ、十七です。アッ……いやっ……」

前川は千佳の身体を抱き寄せると、プリーツミニスカートの上から、自らの股間をぐいぐい押しつけてくる。

「はうっ！　あっ……あっ……や、やめてくだ……あっ、ああっ！」

パンティの布地に縫いつけられたローターが、ちょうどクリトリスの位置に当たっている。

そこをグリグリと押されると、先ほどからローターの振動で生殺しにされ、火照った身体が反応してしまうのだ。

「ヒヒッ、十七か。高校二年生だね。たまんないなあ……」

（ロ、ロリコン！　教育者のくせに女子高生と猥褻な行為を……この客もお店も絶対に許せないわ）

千佳が男の愛撫をなんとかやりすごそうと、唇を引き結んだときだ。

コツコツと足音がして、隣の個室のドアが開いた音がした。

（誰か入ってきちゃった？　まずいわ……もし万が一、へんな動きをして警備員とか呼ばれたりしたら、私の正体がバレちゃう）

千佳と前川は見つめ合い、個室トイレの中で息を殺す。

隣の個室トイレから薄い壁一枚を隔てて、ごそごそとズボンを下げる音が聞こえてくる。

「隣に聞こえたら、恥ずかしいよね」

前川が千佳の耳元で囁いた。

恥ずかしいよりも、騒ぎになって潜入捜査がバレることの方がまずい。

やりすごそうと千佳はじっとしていた。

だが前川は千佳の顔を見てニヤリと笑うと、あろうことか千佳のシャツの前ボタンを外しはじめた。

（なっ！　ちょっと……！）

千佳が嫌がるのもかまわずに、純白のブラジャーに包まれたバストをあらわにする。

「な、なにを……ンッ！　ンンッ」

非難しようとすると、前川は大きな手のひらで千佳の口元を塞ぎ、口の前に人差し指を立てて「しーっ」と囁いた。

「こういうのもスリルがあっていいだろ？」

耳元で囁いてきた前川が、鼻息荒くブラカップに手を伸ばす。

カップを強引にめくられて、乳房の上端に引っかけられた。ぷっくりとしたふくらみと、ピンク色の乳首が男の目にさらされる。

「ンンッ！」

千佳は慌てて身をよじるのだが、物音を立てたくなくて、自然と抗いがおざなりになってしまう。乳房を隠そうとした手も引き剝がされて、おっぱいをつぶさにじろじろと見つめられた。

「かわいい乳首だねえ。小さくて、透き通るようなピンク色だ。さすが女子高生だ、ヒヒッ」

耳元で囁かれて、カアッと身体が熱くなる。

「ンンッ……！　ンン……ンンッ……」

千佳は呻いて必死に抵抗する。が、男の力は強く逃げられない。

（や、やめてったら……こんなところで……）

逃れようと抗うが、前川は千佳の乳肉に指を食い込ませながら、中腰になり、おっぱいに顔を近づけて、乳首にむしゃぶりついてきた。

「んふっ！　んん」

敏感な乳首を舌で舐め転がされ、そのおぞましい感触とは裏腹に、千佳はビクン、ビクンと腰を震わせて顎を跳ねあげる。

(だめっ……バカッ、私……感じるなんてッ。気持ち悪いだけなのに)

隣のトイレにいる男は、まだ出ていく気配がない。

それどころかこちらの様子がおかしいことに気づいたのか、息を殺しているようにも感じる。

「可愛いねえ。反応が初々しいや」

前川が乳首を舐めつつ、千佳の反応を見てほくそ笑む。

反応したくないのに、先ほどまでピンクローターで乳首やクリトリスなど感じる場所をずっと刺激されていて、身体がジンジンと疼いてしまっていた。

そのおぞましい刺激すら、千佳にはたまらない快美なのだ。もし前川の手で口を塞がれていなかったら、甘い声が漏れてしまっていたかもしれない。

調子に乗った前川が、ミニスカートの中に手を入れてくる。

「ンンッ！」

千佳は驚き、男の手を押さえようとする。

しかし、前川はそんな抗いなど気にすることなく、千佳のローターつきの純白パンティを下ろしにかかる。

（や、やめて……）

だが抵抗もむなしくパンティを下ろされ、足首から抜かれてしまうのだった。

4

前川はニヤリ笑うと、千佳の口を塞いでいた手を外し、千佳の足元にしゃがみ込んできた。

（ああっ……今度はなにを……）

いったいどうするのかと思っていたら、前川は無理矢理に千佳の右太ももを持ちあげて、自分に肩に担がせた。

恥ずかしい片足立ちにさせられて、恥部が大きく開かされた。

秘唇が丸見えになり、前川が顔を近づけてくる。

「ほお。おま×こもサーモンピンクで使い込んでないな。キレイなもんだ。こんな店にいるから、もっと遊んでいるのかと思った」

片足をあげた恥ずかしい格好にされ、千佳は慌てて股間を手で覆い隠した。

「ああ、や、やめて……」

「隠さないでよ、気持ちよくしてあげるからさ」

男は千佳の手をどけさせると、ワレ目に顔を近づけてきた。

「いやっ……！」

千佳は眉をキツくたわめて、イヤイヤする。

前川の頭を両手で押さえつけようとするが、なすすべなく恥丘をねろりと舌で舐められた。

「ンゥゥ……！」

先ほどまでピンクローターで散々いたぶられていた場所だ。

たったそれだけで腰がビクンと動き、いやらしい声が漏れる。千佳は慌てて自分の手で口を塞いだ。

（あっ……あっ……だめっ……）

前川は長い舌をワレ目に差し入れ、かきまぜるように花園をピチャピチャと舐めまわしてくる。

「ん……ん……」

感じてはいけないと思うのに、千佳は口を手で塞がれたまま、何度もビクンビクンと震えて、真っ赤な顔で身悶える。

「おやあ。ミサキちゃん、濡れてるねえ。エッチな子だ。ほうらこんなに……」

前川が秘部から口を離し、いやらしく煽りながら指でいじくってくる。

ヌプッ、グチュッ、ズチュ、グチュ……。

ぬかるんだ音がして、千佳は顔を左右に振りたくった。

（い、いやあ……ああっ……あぁん……）

千佳の大きな黒目がちの瞳が自然と濡れる。

動くたび、ショートヘアがさらさらと揺れる。発情した甘い匂いが個室トイレの中に籠もっていく。

すでにパンティは爪先から抜き取られ、しかも片足を持ちあげられて、男の肩に担がれているから、恥ずかしい部分が剥き出しになっている。

いやなのに……身体の奥は熱く疼き、身体中に鳥肌が立つ。

次第に脚が震えて、身体に力が入らなくなっていく。

「うう……や、やめて……」

千佳が小声で訴える。

口惜しい。自分の身体が信じられない。

股間からは、猫がミルクを舐めるような、ピチャピチャという音がずっと響いていて、生魚のような発情した匂いが立ちのぼっている。

「びしょびしょだ。ヒヒッ、ミサキちゃんって感度がいいねえ。オナニーとかしたことあるでしょ」

いやらしい言葉をかけながら、前川はグッと秘部に顔を寄せ、千佳の膣口にまで舌を入れてきた。

（あっ！　い、いやっ！　や、やめて……！）

膣穴を舌でヌプヌプと出し入れされて、千佳はちぎれんばかりに顔を振り立てた。

そして舌は、千佳の亀裂の上部にある肉芽を狙ってきた。

「うっ！　あああッ……！」

千佳は顔を跳ねあげ、腰を震わせた。

舌先が敏感なクリトリスをとらえたのだ。

男の舌は器用に肉芽の包皮を剝き、真珠を思わせる小さな肉粒を、ねちねちと舐め転がしてくる。

「や、やめッ……あ、あぅぅ！」

感じたくないのに、感じてしまう。個室トイレの中で、千佳は片足立ちの下半身をぶるぶると震わせる。

だめだ。

もはや隣の個室トイレに人がいるということすら、考えられなくなっている。

「あうう っ……」

千佳は背をのけぞらせて、腰を震わせた。

前川がクリトリスを舐めながら、膣奥を指でズブズブとえぐってくる。

太い指が膣口の浅い部分を刺激する。

続けざま、さらに奥まで差し入れられて、天井のざらついた部分をしつこくこすられる。

「ンンッ！　あっ……ああんッ……」

（だ、だめ……だめっ……そんなところ……）

その愛撫が、たまらなく心地よかった。

子宮の奥が熱く滾り、しとどに蜜があふれてくる。高校生のようにあどけない相貌であっても二十四歳の人妻である。

敏感な部分を刺激されれば、素直な反応を見せてしまう。口惜しいがどうにもならなかった。

身体の奥が妖しくざわめき、発情した匂いが強くなる。

身をよじれば、小ぶりのおっぱいが揺れて、甘い女の体臭とともに混ざった汗の匂いが揺らめいた。

そのとき、トイレのドアが開く音がした。隣の男がようやくトイレから出ていったのだ。

前川はニヤリと笑う。

「ウヒヒ、もうたまらないよ」

前川は肩に担いでいた千佳の片足を下ろすと、自らのズボンのファスナーを下ろして肉棒を取り出した。

天井を向くほどに急角度でそそり勃つ肉棒を見て、千佳はハッとして顔を強張らせる。

「だ、だめです。やっぱりその……お店に確認取らないと」

千佳が首を振ると、前川は上着のポケットからスマホを取り出し、電話をはじめた。

「あ、前川だけど、森田《もりた》くん、いるかな。ああ、森田くんか」

前川は個室トイレの中で電話しながら、ちらりと千佳を見た。

どうやら風俗店の人間と話しているらしい。

（こ、ここで？　この人、どんだけヤリたいのよ）

呆れたが、もしかすると何か情報が得られるかも知れない。千佳は耳をそばだてる。

「え？　パスワード？　ＢＢＣＢ。なあ、千佳ちゃんって女の子、本当はアンダーなんだろ」

（いまの！　例のホームページのパスワードじゃないの？）

おそらく会員の確認用のキーワードにもなっているのだろう。

（聞こえましたか？　真紀先輩）

ミニスカートのポケットに、小型のマイクを仕掛けている。今頃、真紀と綾子がそれを聞いて、店のホームページを確認しているハズだ。

「え、違う？　本当に……？」

前川が、千佳を訝《いぶか》しげな目で見つめてくる。

そろそろ逃げないと危ない頃合いだった。

「店はアンダーじゃないって言ってるぞ。本当はどっちなんだね」

別にどっちでもいいと思うのだが、やはりこの手の客は女子高校生を抱けるということに価値を見いだしているのだろう。

「へんですねえ。とにかく出ましょう」

千佳が個室トイレのドアに手をかけると、その手を前川がギュッと握った。

「なんかおかしいなあ。一緒にお店に行こう」

それはまずい。

「わかりました。その前に電話をかけてきますから……」

「だめだよ。このまま行こう」

前川は無理矢理に千佳のパーカを下ろして、剝き出しの乳房を隠す。そして千佳の手を引いて、個室トイレを出た。

そのときだ。

給仕の格好をした真紀と、スーツを着た理恵と小百合が立っていた。

「お客様、なにかトイレで不審な音がすると通報があったのですが？　あれー、こちらの女性はまだ未成年では？　警察の方にきてもらってよかった」

真紀が演技じみた口調で大げさに言う。前川の顔が青ざめた。

「ち、違う……そういう格好しているだけだ。実際は成人した女性だぞ」

「まあ、そういうのは署で聞きますから」

大柄な小百合すごむと、前川はその手を振りきってトイレの外に駆けだしていく。

「あ、待ちなさい！」

小百合と綾子が走って追いかけていく。

千佳はホッと安堵の息をついた。

その肩を、真紀がポンポンと叩いた。

「ご苦労様。パスワードで裏サイトに入れたわ。やっぱり女子高校生が働いているみたい。今、理恵さんや亜美さんが店に向かっている」

「よかった。この小さなマイク、ちゃんと聞こえてるか心配で……」

千佳がポケットからマイクを取り出した。

真紀が微笑む。

「大丈夫よ。それ、小さいのに高性能で、小さな音も拾うんだから。会話は全部バッチリ聞こえたから、安心して」

言われて千佳は「あっ」と思った。

（って、ことは、あのクチュクチュした音も聞こえちゃったんじゃ……）

アソコが濡れた音を真紀にも聞かれたと思うと、千佳は頭が真っ白になるほどの羞恥を覚えて卒倒しそうになった。

5

「お店に在籍していた女子高生は十六名。ほうら、あたしの情報は正しかったでしょう？」

理恵が鼻息荒くオフィスに入ってきて、報告書のコピーをみんなに配る。

「恥ずかしい写真撮られて、無理矢理させられていた子もいたって。なんてヤツらなのかしら……」

小百合が報告書を見ながら、渋い顔をした。

やはり子供がいる母親としては、余計に許せないのだろう。

息子がいる真紀も同じ気持ちだ。

「お手柄だったわ、千佳ちゃん」

綾子が言う。

千佳は苦笑いする。

「いや、そんな私なんて。偶然です」

謙遜する千佳に「そんなことないわよ」と、小百合も声をかける。

真紀が割って入った。

「六十点ってところかしら。会話の内容からすると、もっと早くパスワードを引き出せたハズよ」

厳しいことを口にすると、千佳がしゅんとした。

本音では褒めてあげたかった。

だがその油断こそが命取りだ。公安のときにいやというほど味わわされた。たとえベテランでも、少し緩んだだけで一気に窮地に陥ってしまう。

千佳にはずっと緊張感を持っていてほしかったのだ。

「あらあ、鮎川さん。もしかして嫉妬？　公安の女豹としては、新人ごときにやられたら立つ瀬がないものねえ」

亜美がいやなことを言う。

「違います。新人だからって、甘くしては駄目だと言ったんです。ちょっとした油断が命取りに……」

「私、油断なんかしません」

千佳がぴしゃりと言った。

言い争っているところに、美佐子が入ってきた。

「あらあら、どうしたの。ヒートアップしているところ悪いけど、よくない話よ。ちょっと聞いて」

真紀はいやな予感がした。美佐子とはつき合いが長いから、ちょっとした表情の違いで深刻度合いがわかる。

「先日摘発した、風営法違反店のセクキャバ『アップルスイート』なんだけど、検察が起訴しないと言ってきたわ」

「ええ！」

みなが一斉に声をあげる。

あれだけ証拠が挙がっているのに、起訴しないってどういうこと？

第五章　コスプレ捜査官

1

「どういうことよ、起訴しないって」

小百合が声を荒らげる。

「そうですよ。一体どうして……」

綾子も同調した。

美佐子は睨みつけるような難しい顔で、自分以外の六人の人妻捜査官たちの顔を見渡した。

「圧力……？」

真紀がつぶやく。

美佐子が頷いて、口を開いた。

「おそらくね。警察のどこかから圧力があった。もしくは検察内で直接圧力がかかったか」

それを聞いて、理恵はチョコを頬張りながら言う。

「せやけど、稲森組くらいデカいとこならわかるけど……」

正論だった。

暴力団の稲森組があった頃、警察との癒着はもう公然の秘密のようにあったことは知れ渡っていた。

公安にいた真紀は、癒着の証拠をつかんでも、上層部から何度も揉み消されていたのだ。

「実はね、あの『アップルスイート』ってところも、バックが稲森組の残党だったの」

美佐子が言う。

真紀は永尾の爬虫類のような冷たい目を思い出した。

(元暴力団だったわけね。どうりで目つきが普通じゃないと思った)

「でも、そんな残党と、どこがつるんでるんですか？」

綾子が美佐子に訊く
美佐子は、言葉につまる。

小百合が「ねえ」と言ってから、一拍置いて言った。

「圧力かけたのは、三雲署長だと思ってるんでしょう？　美佐子は」

みなが「え？」という顔をする。

「なんでですか？」

「この課をつくったのは、その署長さんなんですよね」

千佳と綾子がつめ寄る。

美佐子が難しい顔をして、ようやく口を開いた。

「確かに。稲森組の残党と、ウチの署長がつながってるって噂があるのよねえ」

みなの顔が曇った。

「自分たちでつくった課の手柄を、自分たちの手でつぶす？」

綾子が言う。

「そういうことね。まあちょっと調べてみてもいいかもね」

と美佐子。

そのとき、はじめて真紀が声をあげた。

「もしそうなら……ウチの課に対する圧力はなかったんですか？」

美佐子は眉を曇らせる。

「……あったわよ。しばらく新規捜査はしないでくれって」

「そんなあ」

千佳が口を尖らす。美佐子が笑った。

「でもね、悪いヤツラを野放しにしておけないでしょう？　私、ちょっと頭にきてるのよねえ。出世したいけど、こういうやり方は好かないわ。ガンガンいくわよ」

美佐子が言うと、みなが身を乗り出した。

「もちろん」

「そりゃ、やるでしょ」

六人が声をあげる。

美佐子は満足そうに微笑んだ。

「というわけで、ねえ千佳ちゃん。今度は違法マッサージ店に潜ってくれる？

小百合と亜美さんは彼女のバックアップね。理恵さんは、いつも通りに情報収集をお願い。真紀と綾子ちゃんは、私と一緒に三雲と稲森組の残党とのつながりを調べて」

「はーい」

「了解」

真紀はやれやれと思いつつ、同僚たちを頼もしいと思いはじめていた。

「花坂？　あのカジノの推進とかいって、たまにTVに出てる人？」

美佐子の言葉に、綾子がそんな感想を言った。

先ほどの朝の会議が終わった後、綾子と真紀は美佐子に呼ばれて、別の会議室で密談している。

「カジノ利権に、国と警察、それに稲森組の残党の半グレ組織が、つながってるってわけ？　なんか複雑ねえ」

真紀が訊く。

美佐子は「うーん」と唸った。

「そこまで大きな話なのかわからないけど、警察は今、パチンコがつぶれて天下り先が減って焦っている。そこにカジノ利権よ。わかりやすいでしょう」

「それはわかりますけど、じゃあ、半グレ組織なんか、なおのことといらないですよね」

綾子が正論を吐いた。

「だから、それを知りたいの。綾ちゃん、これなんだけど」

美佐子がスマホを出して、あるアプリを操作した。

「これ、盗聴アプリじゃないですか。だめですよ、こんなの使っちゃ」

綾子が顔を曇らせる。

さすが元情報通信課だ。一目見て、それが何かをわかったらしい。

「なんなの、その盗聴アプリって……」

真紀が訊く。

「元々は盗難防止用のアプリなんですよ。例えば、スマホが盗まれたときに、遠隔操作でアラーム鳴らしたり、ロックしたりできるんですけど……でも、ストーカーが悪用して問題になったんです。これ、遠隔操作でアプリを入れた相手のスマホの通話を、盗み聞きできちゃうんです」

「ええ？」

真紀は驚いた。そんな危ういアプリが売られているとは知らなかった。

でも、子供が大きくなってスマートフォンを持たせるようになったら、インストールするのもいいかもしれない。

「誰を盗聴する気なんですか？」

と真紀。

「……というか、もう入れてきちゃった。花坂のスマホに」

「ええ！」

今度はふたりで驚いた。

「そんなのバレるでしょう？」

真紀が訊く。

「それがさあ、秘書に無理矢理持たされてるらしくて、通話しかしたことないんだって。画面にへんなアプリが表示されてても、気づかないわよきっと」

美佐子がウフフと柔和に微笑む。

いったいどうやって、そんなことをしたんだろうと思うのだが、怖いので訊かないでおく。

（やっぱりこの人の方がよっぽど女豹だわ……）

その言葉を呑み込み、真紀は訊いた。

「で、どうするんですか？　それ」

「盗聴するわよ。せっかくだし。ねえ、綾ちゃん。解析してくれないかしら。絶対になにかわかると思うのよねえ。こうなったら、毒を食らわば皿まで。巨悪を暴いて出世してやるわ」

美佐子が燃えているのを尻目に、真紀は不安になってきた。

もともとは性犯罪を捕まえるだけの、急ごしらえの組織である。たった七人でなにができるのか。

なんかへんなことにならなきゃいいけど……。

2

繁華街から少し離れた雑居ビルに、そのリラクゼーション店「春らんまん」はあった。

「お待たせしました。アヤさんでーす」

茶髪の従業員の後ろについて個室に入ると、ベッドの端に座っていた中年男が千佳を見て「おおう！」とどよめいた。

男はすでに服を脱いで、紙パンツ一枚という格好だ。

メタボ気味の醜悪な肉体に、千佳は目を泳がしながらも頭を下げる。

「アヤです。よろしくお願いします」

今回はアヤという源氏名だ。一応年齢と人妻というプロフィールはそのままにしておいたから、前回の女子高校生役より気は楽だ。

ワンピースタイプの白衣に、ナースキャップを嵌めた千佳は、ぎこちない笑顔を、メタボ気味の中年男に向ける。

「アヤさんですけど、今日が初めてなんでよろしくお願いしますねえ。二十四歳の人妻ですから」

従業員が言うと、男はさらに鼻息を荒くした。

「は、初めて……？　二十四歳の人妻ってマジかよ？　よ、よろしくね、アヤさん」

にんまり笑いかけてくる。

千佳はゾッと背筋が寒くなるのを感じた。

早く「ヌキ」ありと言わせて、証拠をつかもう。

マッサージ店の大半は表向き「リラクゼーション店」をうたっている。

なぜかというと「マッサージ店」と書くと国家資格が必要になるので、便宜上「リラクゼーション店」と言っているだけだ。

大半が健全な店だが、中には風俗店と変わらぬ店もある。この「春らんまん」もそうだ。

どうやら本番まで行うこともあるらしいと、亜美が言っていた。

すでに店側からの「本番OK」の指示は、こっそりと録画をしてある。

あとはその確証をつかむためには、マッサージ嬢になりきって、相手と本番ギリギリまで持っていければいいのだ。

(まあ、なんとかなるでしょ。この前もできたんだし)

先日の潜入捜査がうまくいったことが、千佳の自信になっていた。

従業員が部屋を出ていく。

ナースのコスプレをした千佳は、男の隣に座った。ちなみにこれは今月のコスチュームらしく、来月はチャイナドレスらしい。

きちんとした白衣ではなく、量販店で売っているようなコスプレ用の白衣である。ワンピース丈が短いために、座ると裾がズレあがって、パンティがちらりと見えてしまう。

千佳は慌てて手で裾を引っ張るが、男の視線はもう千佳のパンチラに夢中で、男の紙パンツの股間部分がふくらみを見せていた。

「しかし、可愛いねえ……ショートヘアに、くりくりっとした大きな目……人気アイドルの橋本《はしもと》なんとかって似てるとか言われない？」

男は千佳を舐めるように見つめながら言う。

「言われたことないです。でも嬉しい」

と、喜んだフリをしつつ、冷ややかな目を男に向ける。

「言われたことないって本当？……ほら、あんまり可愛いから、僕なんかもうこんなになってるんだから」

と、男は千佳の手を取ると、紙パンツ越しに自分の股間を触らせた。

「ひっ……」

慌てて手を引っ込める。あまりの気味悪さに千佳は卒倒しそうになった。

「ごめんごめん。初めてなんだっけ、いきなりすぎたなあ」

男がイヒヒと笑う。

（いきなりでも、あとでも、そんなもの触らないからっ）

千佳は濃厚接触をなるべく控えようと、「ヌイて」と男が言った瞬間につかまえようと心に誓った。

「……仰向けになってもらえますか？」

「うへへ、了解」

男は悦びながら、タオルを敷いたベッドに仰向けになる。

下腹部が異様に盛りあがっているのが、いやがおうにも目に入る。

（……ぴくぴくして、気持ち悪い）

ナースルックの千佳は両手にたっぷりとローションをつけて、男の身体をじっくりと撫でまわす。

脂肪のついた肉体をマッサージするのは、怖気が走るほど気持ちが悪いが、これは任務だと胸の内で言い聞かす。

「アヤさんって、いい匂いがするねえ……それに人妻なのに、なんか初々しいんだよねえ……ほら、恥ずかしがってないで、もっとくっつきながらマッサージしてよ。ねえ、そろそろリンパもやって」

男は寝そべりながら、早口で言いつつ股間を指差してくる。

「は、はい……」

（うう……やっぱり、これくらいは……やらなきゃいけないのよね……）

千佳は男に見えぬよう、口元を一文字にギュッと引き結んだ。

再びぬるぬるしたローションを手に取り、紙パンツを穿いた男の鼠径部を、優しく愛撫する。

「おおっ、いいね……おおう……」

男が気持ちいいのか、腰を浮かせて悶えてきた。

だが、そのうちに男は焦れてきた様子を見せてくる。

「恥ずかしがってないでさあ。そろそろコレを触ってよ。いいだろ」

男は股間を指さしていらいらした様子を見せてくる。

(男性器に触るのも違法だけど……でもこれくらいじゃ、摘発できないわよね……)

千佳は深呼吸してから、思いきって男の股間を覆う紙パンツの中に両手を滑り込ませていく。

「おうう!」

男が呻いた。

(あん……なんて熱くて硬いの……)

直接触れた男の勃起は熱く、指で握るとビクンビクンと脈動した。

「うっ……き、気持ちいいですか？」

千佳は羞恥にまみれながらも、店に言われた通りの台詞を口にする。

「いいよお……すごく、ああ、たまんねー」

千佳は肉棒を手でシゴき、玉袋もじっくりと撫でてやる。

（早く、本番ヤリたいって言ってよお）

狙いは裏メニュー、面接の時に店から説明を受けた本番行為だ。

その現場を押さえてしまえば、さすがにもう言い逃れはできない。千佳はポケットに忍ばせた発信器で、外にいる小百合たちに合図する。小百合たちがガサ入れで踏み込んだ隙に、こっそり逃げるという前回と同じやり方だ。

（それまではガマンしなくちゃ……ああ……それにしても……）

紙パンツの中の勃起が、千佳のほっそりした手でシゴくたび、まるで生魚のようにビクビク震えるのがおぞましい。

千佳が顔を引き攣らせながら、男の勃起を手でマッサージしていると、中年男がヒヒヒと笑った。

「アヤさん、いいねえ。手の動きがぎこちなくて……初々しくていいや」

どうやら、いやがっているのをいいように解釈してくれたらしい。

(本当は気持ち悪くて、触りたくないだけなんだけど……)

心の中で悪態をつきつつ、千佳はニコッと微笑む。

男がウヘヘと鼻の下を伸ばす。

「可愛いし、スタイルもいいし……ああ、今日は当たりだなあ」

男はそんな風に言いながら、ハアハアと息を荒らげて腰を悶えさせはじめる。

「いや、こりゃたまらん。アヤさん、ちょっと待ってくれ」

紙パンツ一枚の中年男は、マッサージ台の上で上体を起こした。

「あの……どこか、よくなかったですか?」

と、千佳が訊くと、

「いや、違うんだ……その……VIPコースって、アヤさんもいける?」

(きた! 本番行為の催促だわ)

「あの、VIPコースって……」

千佳はわざととぼける。

客の方から「本番」という言葉を、口にさせるつもりだった。

ところがだ。

男がフフフ、と静かに笑みを漏らした。

(え……なに？)

千佳はゾクッとした。

男の表情が、今までのヘラヘラした雰囲気と違い、妙に凶悪なものにかわっていたからだ。

「あ、あの……ＶＩＰコースってなんでしょうか？」

動揺しながらも、千佳が訊く。

すると男がもう一度、冷笑して口を開いた。

「わかってるだろう？　可愛い人妻捜査官とヤレるコースだよ」

3

その言葉に千佳は動揺して、思わず視線を泳がせてしまう。

「な、なにを……」

「とぼけなくてもいいよ。仁藤千佳ちゃん。あんた、性犯罪対策課の新人捜査官なんだろう？」

男の目が冷たく光った。

（まずい！）

潜入捜査がバレてる。

千佳は慌ててドアに走り寄る。

するといきなりそのドアが開いて、丸刈りにサングラスの屈強な男が入ってきた。

「なっ！」

千佳は驚くも、しかしそこは捜査官だ。

一瞬で身構え、先制パンチを繰り出した。

だが男は喧嘩慣れしているのか、簡単に千佳のパンチをいなすと、反対の手で鳩尾《みぞおち》に拳を叩き込んできた。

「ぐっ……」

重い拳が身体にめり込み、千佳は息ができなくなる。

（ああ……小百合さん、理恵さん……助けて……）

千佳は、外に待機しているはずの仲間の名を胸奥で叫ぶ。

だがふたりが駆けつける気配はなく、意識が遠のいていく。千佳はその場に崩れ落ち、前のめりに倒れ込んだ。

「ククッ……可愛いじゃねえか。ナース服ってのもいいな」

朧気な意識の中で、男の声が聞こえた。

「これが本当に捜査官なのかよ？　おりゃあ、最初人違いかと思ったぜ。テレビに出てくるアイドルとかモデルよりイケてるじゃねえか」

こっちの声は、紙パンツの中年男だろう。

（油断……したわ……完全に客だと思ってた）

前回の潜入捜査でうまくいったから、少し得意になってしまっていた。だが、後悔してももう遅い。

「よし、今のうちに縛っちまおう」

千佳はふたりの男に軽々抱えあげられて、ベッドへ運ばれていく。

「ああ……や、やめて……」

弱々しい声しかあげられずに、千佳はベッドに仰向けに寝かされた。

ふたりの男は、ぐったりした千佳の両の手首に縄を巻きつけ、ぐいと引っ張ってベッドの上端にあるパイプに縛りつけた。

「い、いや……な、なにをするの……！」

千佳は蹴りあげようとするのだが、動くと鳩尾に痛みが走って、蹴りも鈍くなってしまう。

足首にも縄を巻かれ、ぎりぎりまで引っ張られて、ベッドの下方のパイプに縛りつけられた。

反対の脚も大きく開かされて、同じように括りつけられる。

こうしてナース姿の千佳は両手をバンザイし、両脚を開いた無残な格好でベッドに磔にされてしまった。

「ああ……何をするのッ……ほどいてッ。ほどきなさい」

動いても、ほっそりした手足に縄が食い込むだけだ。

千佳はつらそうに眉をひそめて男たちを見つめる。

おそらく相手は稲森組の残党で、素人ではない。

命乞いをしても助けてくれるわけがないのだ。ここは頭を切り替えて相手に従順になろうと心に決めた。

「いい格好だなあ。まったく、おとなしくしてろって言うのに、性懲りもなく俺たちにたてつこうってんだもんなあ。なあ、あんたら、どこまで知ってんだよ」

男がベッドに磔にされた千佳を見下ろしながら、ククッと笑う。

「あ、あの……ごめんなさい。し、知らないんです。本当なんです」

千佳はとにかく下手に出た。

(だって、本当に知らないもの……)

課長の美佐子や真紀だったら、もう少し情報も知っているかもしれないが、千佳はただ言われて任務を遂行してるだけだ。

「ほお。可愛い顔をして、意外と根性あるんだねえ。まあ、言わなくても他の捜査員たちにも手が伸びてるんだけどねえ。ンフフ」

(え? まさか、他にもって……まさか小百合さんたちにも?)

紙パンツの男が話を続ける。

「ちなみに外の捜査官たちにはちょっと眠ってもらってるよ。他にもキレイな捜査官がいるって聞いてるし、楽しみだねえ。まあ、なんとか対策課は今日で終了かな、イヒヒ」

(まずいわ……外にいる小百合さんたちだけでなく……真紀先輩たちにも魔の手が……)

「あ、あの……知っていることは本当になんでも喋りますから許してください」

千佳が言うと、男たちが「え?」という顔をする。

「だって、自分が大事ですから……なんでも喋りますから」

ナース服のまま縛られた千佳が切実な声を出すと、男たちが顔を見合わせてから、拍子抜けしたように訊いてきた。

「じゃ、じゃあ、どこまで捜査が進んでるのか、答えてもらおうか。花坂さんのところまで話がいってるのか……」

紙パンツの男が言う。

千佳は首をかしげた。

「花坂って、誰ですか？」

千佳が正直に言うと、男たちは渋い顔を見せた。

「……だめだな。こいつ、俺たちをからかってやがるんだ。しょうがねえか。身体に訊いてやる」

不穏なことを言われ、千佳は慌てた。

「え……？　い、いや！　ホントにそれ知らないんですってば……ンンッ！　ムウウッ！　ンン！」

いきなりガーゼを口につめられて、その上から粘着テープをしっかりと貼られてしまった。

「ンンッ、ンンッ」

なんとか声を出そうとするのだが、口いっぱいに詰められたガーゼと粘着テープのせいで、くぐもった声しかあげられない。

(ちょっと！ 誤解よ、喋らせて。説明させて)

「ンンッ！ ンンンッ」

千佳は必死に手足をバタつかせるが、両手を頭上にあげ、両脚を開いた格好でベッドに縛りつけられているため、どうにもできない。

身をよじっていると、そのうち白衣の裾がまくれ、太ももがあらわになってしまう。

紙パンツの男が「おっ」と身を乗り出してきた。

「へへっ、しかし美人だよなあ、千佳ちゃん。白衣の天使がよく似合うぜ。捜査官なんかにしておくのはもったいねえや、うへへ」

紙パンツの男はマジマジと千佳の身体を観察し、顔をほころばす。

そして千佳の白衣のセンターを走るジッパーを、一気に腰の辺りまで引き下ろした。

「ムゥゥゥ！」

白衣の胸元が割れて純白のブラジャーに包まれた、たわわなバストがまろび出る。

「へへっ、小ぶりだけど形がよさそうだな」

楽しげに言いながら、男がナイフをチラつかせた。

「……！」

千佳は目を見開き、抗うのをぴたりとやめた。

男は慣れた手つきで、千佳のブラジャーの間にナイフを差し入れると、ブラカップをつかんで真ん中の部分をプツンと切り離した。

ぷるんと小ぶりのおっぱいがこぼれ出る。

「んんんんっ！」

千佳はくぐもった悲鳴をあげて顔をそむけ、瞼をギュッと閉じた。

「おおッ、キレイなおっぱいしてるじゃないか」

紙パンツの男は目を血走らせて、静脈を透かす白いふくらみにゆっくりと指を食い込ませてくる。

「んんっ……！」

おぞましい指の感触に、千佳は背をのけぞらせた。

（た、助けて……あなた……真紀先輩っ！）

千佳は心の中で助けを求め、いやいやする。

紙パンツの男がうすら笑いを浮かべ、千佳の反応を楽しむように顔を見つめながら、敏感な乳頭を指でつまみあげた。

「ンンンッ!」

ガーゼを詰められた口奥から狼狽の声を漏らし、千佳は背をしならせる。

(ああ……いやよ、反応してはダメッ)

愛する夫の顔を浮かべて、懸命にこらえようとするのだが、男はそれを許さなかった。

ぐりぐりと強く乳首を弄くるかと思えば、優しくソフトに撫でまわしたりして微妙に愛撫の調子を変えてくる。

しかもその間、汗ばんだ千佳の首筋にチュッ、チュッとキスをして、舌を耳の穴に入れてくすぐったり、フッと息を吹きかけたりしてくるのだ。

間違いない。紙パンツの中年男は、かなり女性の扱いに慣れている。

(い、いけない……)

いかに捜査官であろうとも千佳は二十四歳の人妻だ。女盛りの肉体は早くも老獪な愛撫によって疼きはじめていた。

4

「ンンン！」

（ああ。と、撮らないで！）

ナース服姿でベッドに磔にされていた千佳は、サングラス男がカメラを構えているのに気づき、心の奥で噎《むせ》び泣いた。

両手を頭上にあげたままベッドに縛りつけられ、粘着テープで口を塞がれている。白衣の前をはだけられてブラジャーも切り取られ、たわわなバストを披露してしまっていた。

さらには、大きく股を開かされて足首を縛られている。

ワンピースタイプの白衣の裾がズリあがり、白いパンティが見えている。

そんな無残な姿を撮影されるのだ。千佳は無駄だとわかっていても、身体をよじらせてしまう。

「ククッ。セックスしているところを撮られると、余計に燃えるマゾ女がたまにいるけど、千佳ちゃんもそれなのかなあ」

紙パンツの中年男が千佳の耳元で、ねっとりと囁いてくる。

（ち、違う……私は悦んでなんかない……）

千佳は口中のガーゼを噛みしめて、かぶりを横に振り立てた。

「違う？ でもこんなに身体が火照ってきてるけどなあ」

男は言いながら、千佳の乳首にむしゃぶりついてきた。

「ウウッ！」

なめくじのような舌が、ころころと乳首を舐め転がす。

全身に痺れるようなむず痒さが広がっていく。

（……ああ、反応しちゃだめ……）

千佳は自分の意識を奮い立たせ、感じまいとするのだが、どうにも身体がコントロールできないでいた。

「発情してきたかな。いい匂いがするよ」

中年男は千佳の白衣をさらに大きくはだけさせた。

両手を頭上にあげられたまま縛られているから、恥ずかしい腋の下も隠すことができない。

中年男はそこに鼻を寄せ、くんくんとわざとらしく匂いを嗅いだ。

「ンンンッ、ムゥゥ！」

「クックッ。腋汗の匂いが刺激的だねえ。やっぱり童顔でも人妻だ。濃厚でツンとくる匂いがクセになりそうだよ。ハハハ」

無防備な腋の下の匂いを嗅がれ、千佳は顔を真っ赤にして首を振った。

さらに男は腋窩にブチュ、と唇を押しつけ、窪みを舌でねろねろと舐めはじめる。

「ンンッ、ウウンッ」

くすぐったさに身をよじっていた千佳だが、次第に身体が震えて抗う力が抜けていく。

（ああ、どうして……）

女として恥ずかしい場所を舐められているというのに、信じられないことに腰がムズムズしてきて、ぶるぶると震えてしまっている。

抗いつつも身体が熱く火照っていくのを抑えられない。

「ンンッ、ウウンッ……」

くすぐったさと恥ずかしさだけが支配していたはずなのに、千佳はいつしか粘着テープを貼られた口元から、啜り泣くような声を漏らしてしまっていた。

「クックッ、悩ましい声が出てきたな。たまんねえや」

男は含み笑いしつつ、千佳の白衣のワンピースの裾に手を伸ばしていく。

「ンウッ！」

いきなり白衣をまくられて、千佳はくぐもった悲鳴を漏らす。

ワンピースを腰までめくられて、純白のパンティが男の目にさらされる。また
カメラのシャッター音がして、千佳は絶望的な気分になる。

「ヒヒヒ。さあて見せてもらおうかねえ。捜査官様の持ち物を……」

中年男は容赦なく千佳の純白パンティのサイドをナイフで切り、布きれと化した下着を強引に引き抜いた。

「んゥゥ！」

千佳は顔がちぎれんばかりに首を振り立てる。

ベッドに括りつけられた人妻捜査官は、ナース服を身につけたまま、下着だけを剝ぎとられた無残な半裸にされてしまう。

（や、やめてぇぇ！）

両足を大きく開かされて縛られていて、閉じることも叶わない。

それどころか男の指が、繊毛の下に息づいた女の園をくつろげてくる。

（み、見ないで！）

願いも虚しく、中年男は千佳の恥部に顔を寄せて、じっくりと見つめてくる。息苦しいほどの羞恥に、千佳の全身がカァッと熱くなっていく。

「形といい、色艶といい、品があるねえ。実にうまそうなおま×こだ。それに、もうこんなに濡らして……ククッ」

サングラスの男が千佳に近づいた。剝き出しの下腹部にカメラを寄せられ、また撮影されてしまう。

「ンン、ンンンッ」

（と、撮らないで！）

縄で拘束され、粘着テープで口を塞がれている。そんな格好を撮影されるだけでも恥ずかしいのに、さらには身体の内部まで撮られてしまっては、生きた心地もしないのだ。

（い、いやあ……！）

ところがだ。撮影されているのに腰が甘く疼き、膣奥から恥ずかしい蜜がじんわりとしみだすのがわかる。

「ククッ。いやだいやだと言いながらもこんなに……」

男が中指を千佳の眼前に差し出した。

指先は蜂蜜のようにトロッとした透明な粘液に包まれている。

千佳がイヤイヤすると、男はまた笑って、さらに指を千佳の膣奥にくぐらせてきた。

「ウウッ……ウウンッ」

身体の奥まで、卑劣な男の指でえぐられている。

じっとしてなどいられなかった。

千佳は腰をよじり抗おうとするのだが、肉襞を甘くこすられると、どうにもできない快美が襲ってきて、いやらしく尻を振り立ててしまう。

「ククッ。ホントはいじってほしくて、わざとこちらの質問に答えなかったんじゃないか？」

中年男は煽りながら、千佳の股間に顔を寄せ、恥ずかしい部分に唇を押し当てた。

「ンンッ！」

（ああ、う、嘘でしょう。い、いや！）

舌でねろねろと膣口を舐められたかと思えば、敏感なクリトリスをぱっくりと咥えられて、ジュルルルと音を立てて吸引された。

「ムゥゥゥ！」

たまらない刺激に、千佳の腰がバウンドする。

(ああ……あなた……ゆ、許して……)

だめだと思うのに、痛烈な快美が腰から全身に広がっていく。

感じては夫に申し訳がたたない。

そんな禁忌を思えば思うほど、千佳の身体は快楽に溺れていく。

敏感なクリトリスをねぶっていた男の舌が、今度は膣口をとらえて、ニュルリと内部に侵入してくる。

「ンンンンン！」

(そんなッ！　ああッ、や、やめてえ)

熱く湿った粘膜の層を、ヌルヌルとした舌でかきまわされる。

その感覚の凄まじさに、千佳はくぐもった声をひっきりなしに漏らし、裸身をのたうたせて悶えまくった。

身体の奥を舐められるようなむず痒さがたまらない。

千佳はその部分を、逞しいものでこすって欲しいとまで考えてしまっていた。

(だめっ、だめよ)

自分は人妻なのだ。そんな恐ろしいことを考えてはいけない。

必死に反応しまいと口に詰められたガーゼを嚙みしめて、たえようとするのだが、男は、切なげにたえようとする人妻捜査官の美貌を見すえて、何かに気づいたようにニヤリ笑った。

「おやあ。そろそろ欲しくなってきたんじゃないか?」

千佳の差し迫った様子を感じ取った男は、憎らしいほど冷静に、今度はワレ目全体を下から上に舌でねろねろと舐めあげる。

「ンンッ、ンンンッ」

(あああああッ!)

先ほどの舌愛撫で肥大化したクリトリスを、今度は舌先で、強めに舐め弾かれる。

(あうぅ、し、子宮が……ああんっ……とろけちゃう……)

次第に意識がぼんやりし、身体に力が入らなくなっていく。

口元を粘着テープで塞がれた千佳は、白い喉元をさらけ出すように顔を大きくのけぞらせる。

千佳は細い眉を一層たわめ、目を閉じて長い睫毛を震わせている。白い肌はすっかりとピンクに上気し、女の発情した匂いをムンムンに漂わせていた。

「こりゃあ、たまんないなあ、千佳ちゃん。ククッ、口を割らせるのはあとにして、まずは味見させてもらおうかな」

男は鼻息荒く紙パンツを脱いで、そそり勃つ肉棒を手でシゴきながら、千佳の股間に切っ先を近づけていく。

「ンンンンン！」

（いやっ！　それだけはだめっ！）

千佳は挿入だけは逃れようと、尻を振り立てる。

中年男はそんな千佳を見つめて「ヒヒヒ」と笑うと、サングラスの男に目配せをした。

サングラス男は頷き、千佳の片足の縄をほどいた。

自由になった千佳の片足を、中年男の手によって大きく広げさせられる。

ドス黒い剛直が、千佳のワレ目に触れた。

男は容赦なく腰を沈めてくる。

「んんんんッ！」

ひときわ激しい呻き声をあげ、千佳は縛られた裸身を強張らせた。

ズブズブと秘奥をえぐり抜いてくる灼熱の肉棹。その逞しさは夫の比ではなかった。

（アアアッ！）

犯されたことすら忘れるほどの猛烈な圧迫感に、千佳は目を大きく見開いて背をしならせる。

「フフ、つながっちゃったねえ。おお、すげえや。咥え込んでくる」

中年男はうわずった声を漏らしつつ、千佳の口元を覆っていた粘着テープを剝がし、口中に詰めたガーゼを取った。

千佳はハアハアと苦しげに喘いで、美貌を歪ませる。

休む間もなく根元まで深々と突き刺されると、

「アアアッ！」

千佳はさらに大きくのけぞって、激しい悲鳴をあげた。

両手と片足をベッドに括られたまま、ナース服姿で犯された絶望に、目尻に涙を浮かべてしまう。

男はそんな人妻の悲哀を楽しむように、ニタニタ笑って千佳の顔を覗き込んでくる。

「ああ、気持ちいい……たまんねえよ、おま×こが吸いついてくるぞ」

男は肉を馴染ませるように、じっくりと腰を旋回させつつ、密着させた腰を揺すりはじめる。

「あっ、あっ……いやっ……ああっ、ああんっ」

いやっ、いやっ、と抗いの声をあげつつも、千佳の声に湿った女の音色が混じりはじめる。

「ああ、そうだ。いい声だ。ほうら、自分からも腰を振れ、いやらしく振ってあんたも楽しめばいい」

「だ、だめッ……ああっ……だめぇ」

いやだと思うのに、ベッドがきしむほどの激しい突き入れに、千佳はたちまち我を忘れて、男が指示するように尻をくねらせはじめてしまう。

(だめ……だめなのに……どうしてっ、どうしてなの……)

心の中ではいけないと思っているのに、肉体が言うことをきかなかった。

身体が火照り、子宮の疼きがとまらない。

甘い声をあげながら、千佳はついに「もっと」とせがむように、腰を前後に振りはじめた。

男の顔が近づいてくる。

唇をかわすこともできず、千佳は閉じ合わさっていた唇を舐められ、油断してわずかに開いた口の中に、舌を入れられた。

すぐに舌をからめとられて、ぬちゃぬちゃと唾液の音がしたたっていく。

「んん……んんっ……」

激しく突き入れられながらの濃厚なディープキスに、千佳の頭は次第に痺れていく。

可愛い乳房を揺らしながら、淫らに腰をグラインドさせてしまう。

「ほうら、ほうら」

キスをといた男がさらに腰を使うと、

「いいッ！　ああん、いいっ！　いいっ！」

千佳は悦びの声をあげて、腰をクナクナとよじりはじめてしまう。

もう肉体の快楽以外、何も考えられない。

「ヒヒヒッ、たまんねえよ。一晩中可愛がってやるぜ」

中年男の不穏な言葉も、もう肉の悦びにふけっていた千佳には、届かなくなっていた。

5

「ねえ、早く食べようよ」

五歳になる息子の拓人が、夕食のオムライスを、先ほどからずっと見つめている。

ふんわりとした玉子に包まれた部分に切れ込みを入れれば、きっととろとろの半熟玉子が、ケチャップライスに混ざるだろう。

普段なら「ママすごいでしょう」と、息子に自慢するところであるが、今夜の真紀は別のことに気がまわってしまい、それどころではなかった。

「おお、うまそうだなあ」

夫の博が二階から降りてきた。

真紀は拓人の頭を撫でる。

「拓人、パパもきたから食べようか」

「うん！」

三人で食卓を囲む。

拓人はよほど気に入ったのか、ぽろぽろと米粒をこぼしながらも、黙ってオムライスを口の中にかっこんでいる。

「ほらほら。こぼさないで。あん、こんなところにもご飯をつけて」

真紀は拓人の頰についた米粒を取って、自分の口に入れた。

「ママ、なんかあった？」

ふいに夫が訊いてきた。

真紀は驚いた。

自分ではごまかしているつもりだったが、やはり長年連れ添った夫の目は欺けないようだ。

「うん、ちょっと仕事でね……気になることがあって……」

真紀は白いエプロンを外して椅子に座り、スプーンを手にしてオムライスを口に運ぶ。

真紀が気にしていたのは、千佳の潜入捜査だった。

てしまった。

たかが風俗店の摘発と思っていたのに、警察内部や代議士の名前までが出てき
あまりにきな臭くて、いやな予感がするのである。
夫が真顔で見つめてきた。
「無理しなくていいんじゃないかな。警察の仕事って大変だし、責任があるのも
わかるけど……」
夫には自分が捜査官であることを伝えていない。
内勤で、いつも事務処理のことをしている、と嘘をついているのが心苦しかっ
た。
（でも……やはりか弱い女性を放っておけない……）
真紀はずっと、弱い女性の味方になりたいと思っていた。だから、今の性犯罪
対策課は真紀には願ってもない職場だったのだ。
「ありがとう……無理はしないようにするわ……どう？　今日のオムライス。イ
ケてない？」
夫はホッとしたような表情で、オムライスを口に運んだ。
「うまい！　なあ、拓人。ママって料理上手だよなあ」

「うん！」

返事をした拓人の口のまわりはケチャップまみれだ。真紀はウフフと笑ってウエットティッシュを取ろうと立ちあがった。

そのときだった。

スカートのポケットに入れていたスマホが震えた。出してみると、美佐子からの電話だった。

真紀は夫に言ってキッチンから出て、二階の寝室で電話を取った。

「今、小百合と理恵さんが襲われたって連絡が入ったわ。命に別状はないって。綾子ちゃんが風俗店に入ったけど、千佳ちゃんのことなんか知らないって、店側にしらを切られてる」

「ええ！」

悪い予感が当たってしまった。

「踏み込むんですか」

真紀が訊くと、美佐子は少し間を開けて返答した。

「無理よ。あくまで潜入捜査は非合法。おおっぴらにやったらまずいわ」

「そんな……だって千佳ちゃんが……」

「落ち着いて、真紀。もうひとつわかったことがあるの。例の盗聴で花坂に電話をかけてきた男がいるの。永尾よ」

真紀は驚いた。

「え……永尾は拘留中じゃないんですか？」

「永尾も釈放されている。署長の三雲がやったのよ」

真紀はわけがわからなくなってきた。

「いったい、警察と永尾たちはどういう関係なんですか？」

「それがね、花坂の電話の内容でわかったわ。警察はカジノ利権が欲しい。だけどカジノ議連があって、簡単には食い込むことができない。だから、わざと半グレたちに暴れさせてるのよ。警察を入れないと、こういう風にヤクザまがいの犯罪が横行しますってね」

「そんなバカな……そうすると私たちの存在って」

「そうよ、警察にも永尾にも邪魔でしかないわ。おそらくだけど、三雲の頭の中じゃあ、私たちはなにもできない出来損ないだと思ってたんでしょうね」

「だけど、思った以上に活躍してしまい、しかも解散させようにも独自の捜査をやってしまっている」

「正解。それで今回、強硬手段に出たんだと思うわ」

真紀はギュッとスマホを握りしめる。

「……今から行きます」

「お願い。三十分後に、オフィスで」

真紀は電話を切って、自分のふがいなさを責めた。

やはりもっと気をつけるべきだったのだ……。

第六章　体に訊く

1

「う、ううん……」

美佐子はかすかに声を発し、長い睫毛を何度も瞬かせた。

ゆっくりと目を開ける。薄暗い中、スタンドのライトだけが灯っている。コンクリート剝き出しの殺風景な部屋だ。

（どこ？　倉庫かなにか？）

後頭部がズキッと痛んだ。そこで美佐子は、亜美に眠らされたことを思い出した。

（まさかあの子が、スパイみたいなことをしてたなんて……）

オフィスで真紀を待っている間に、入ってきた亜美に麻酔のようなものを嗅がされた。

気がつけば、自分はまさに囚われの身だ。

慌てて起きあがろうとするも、うまく動けない。

両手が背中にまわされていて、硬い手錠を嵌められていた。

さらに驚いたのは自分の格好だ。

スーツやブラウスどころか下着まですべて脱がされて、素っ裸の状態でベッドの上に寝かされている。

「へへ。こっちも、あの真紀とかいう捜査官に負けず劣らず美人だよなあ……麻生美佐子」

鋭い目をした男が、ニヤニヤしながら近づいてきて、美佐子を見下ろした。

「永尾ね」

「ご名答。いやまさか、警察がこんな強引な捜査してくるとはなあ。性犯罪対策課だって？　そりゃこんな美人が潜入してくるんだから、まいっちゃうよなあ」

いやらしく笑いながら、永尾は美佐子の太ももに手を伸ばしてくる。

「触らないで」

美佐子は咄嗟に足を跳ねあげる。それを交わした永尾の背後に、素っ裸で首輪をつけられた千佳が立っているのが見えた。

「ち、千佳ちゃん!」

部屋の奥では美佐子と同じように千佳も裸にされ、しかも首輪をつけられていた。口にはボールのようなものを咥え込まされていた。

「ンンッ! ンンッ」

千佳の目が恐怖に見開かれている。別の男がいて、千佳の首輪についた鎖を引っ張っていた。

(なんてひどい……)

美佐子は目をそむけた。

惨たらしい格好もそうだが、自分が新人にこんな危険なことをさせてしまったのだと思うと、どうにも罪の意識が拭えない。

永尾がへへッと笑いながら、口を開く。

「麻生美佐子。あんたに直接恨みはないんだがなあ……まあ、あの千佳って若い捜査官と鮎川真紀も含めた三人、ヒヒヒ。捜査官なんかにしとくのはもったいないねえから、しっかりと客を取れるまで仕込んでやるよ」

「客ですって？　ふざけないでよ。あなた何を言ってるの？」

美佐子は眉をひそめる。

永尾はニヤリと笑みを漏らす。

「三雲さんからお墨つきをもらってるんだよなあ。つぶしたシノギの分は、うちの人妻捜査官たちが、その肉体で補塡するってさ」

「なんですって！」

美佐子はわなわなとその裸体を震わせた。

永尾が続ける。

「あんたたちの性犯罪対策課は、捜査中に大がかりな組織犯罪に巻き込まれて、数人が行方知れず。で、解散という流れになっている」

「そんな簡単にはいかないわよ」

美佐子が睨みつけた。

黒のストレートヘアにタレ目がちな優しげな双眸。

落ち着いた和風美人ではあるものの、こうしてキリッとした顔には、長年捜査官として培ってきた凄みがある。

「ヒヒッ。いいねえ。怒った顔もたまんねえよ。しっかしあんたもいいカラダしてるよなあ。腰は細いのに、おっぱいはGカップだっけか。四十二歳の人妻らしいケツのでかさもいい」

永尾が美佐子の全身を舐めるように見つめてくる。

美佐子はとたんに羞恥が増して、縛られた裸体を丸まらせる。

「さあてと。それじゃあ、まずは風俗店の宣伝用にショーでも見せてもらおうか。なあ、あんた。俺たちの前でオナニーして見せろよ」

永尾がニヤニヤと笑う。まわりをよく見れば、数人の男たちがいて同じようにいやらしく笑っている。

美佐子の顔は引き攣った。

「な、なにを……そんなこと、できるわけないわ」

「しねえと、代わりに千佳ちゃんがすることになるけど」

美佐子はちらりと千佳を見る。

出世欲に取り憑かれたエリート警察官僚であっても、美佐子が部下を思う気持ちは人一倍大きい。

もうこれ以上、部下に辱しめを受けさせたくない。

「……わかったわ……するわ」

「ほお。さすがにいい度胸だな。それじゃあ手錠を外してやる。だがへんな動きはするなよ。こっちには人質がいるんだからな」

永尾はそう言うと、男に指示を出す。

ひとりの男が近づいてきて、美佐子の手錠を外した。

美佐子は手錠の痕のついた手首をさすりながら、ベッドにぺたりと尻をついた。

「ヒヒッ。まずは大きく脚を開きな。見てください、という感じで、ゆっくりとご開帳するんだよ」

永尾から容赦ない言葉がかけられる。

美佐子は顔を真っ赤にして、おずおずと脚を開いていく。

「うう……」

口惜しくても惨めでも、今の美佐子には逆らうことが許されない。

素っ裸で、女の園が丸見えの恥ずかしいM字開脚の格好のまま、美佐子は下唇をギュッと噛みしめる。

「ヒヒッ、アラフォーにしては、清楚なおま×こじゃねえか。花びらも黒ずんでないし……いいねえ」

永尾が開ききった股間に顔を寄せてくる。まわりの男たちもじりじりと近づいてくるのを感じた。

「うう、やめて。そんなに……み、見ないで……」

美佐子は真っ赤になって、いやいやと顔を振り立てる。

「カマトトぶってねえで、早くするんだよ。真面目にヤラねえと、可愛い部下にもっとキツいことをやらせるぜ」

千佳を押さえつけている男が吠えた。

美佐子はかぶりを振りつつも、両手で豊満なバストをすくいあげて、自らの手で白いふくらみを揉みしだく。

「あっ……」

指先が乳首に触れ、美佐子は悩ましい声を漏らした。

信じられないことに、乳首が硬くなって敏感になっている。

こんな状況なのに感じてしまっている自分がみっともなかった。

「へへっ、乳首がピンピンになってるじゃねえか。弄ってやれよ。気分が出てくるだろう?」

身体の変化を言葉にされるのは恥ずかしい。

美佐子は顔を赤くしながらも、自らの指先で硬くなった小豆色のしこりをつまみあげて、こりこりとこすりあげた。

「うっ……うっ……」

指が触れるだけで甘い疼きが立ちのぼる。声をあげまいと必死になっているのを男たちに悟られた。

「ガマンしねえで、色っぽく声をあげるんだよ、捜査官サマ。なんなら俺たちが可愛がってやるぜ。いやだったら、本気でやれよ」

叱咤され、美佐子は仕方ないと指の腹で、乳頭部を刺激する。

「くぅ……だ、ダメッ……あっ……あっ……」

こらえきれぬ快感に、唇が開いて甘い声がこぼれる。

見られているということが、異常な興奮を生む。

美佐子の美貌には生々しい汗がにじんで、目元は色っぽく紅潮する。

ハア……ハア……。

途切れ途切れの吐息が、艶めかしくなっていく。

「いいぞ。その調子だ。もっとおっぱいをいやらしく揉むんだよ」

言われるままに、たわわな乳房に指を食い込ませていく。

ふくらみを自分の手でいじるのは途方もない羞恥だった。だが、やらなければ……部下のためだ。

（くうう……いやっ……）

Gカップがいやらしく形をひしゃげていく。

男たちの目つきが、一層いやらしいものになっていくのをひしひしと感じる。

「あぁん……いやっ……こんな、こんなことで……あぁんっ……いやあ……」

演技しようと思うのに、ついつい本音が漏れてしまう。

乳首とおっぱいを揉んだりいじったりしているだけなのに、身体の奥までが熱い愉悦にとろけそうだ。

「ククッ。なかなか気分がでてきたじゃないか。ヤリ慣れてるなあ。今はどれくらいの頻度でやってるんだい？」

「…………し、してないわ」

美佐子は端正な美貌を真っ赤に染める。

「正直に答えろよ。その指の使い方は、いつもやってんだろう」

「い、いつもなんてっ……」

「じゃあ、どれくらいだよ」

美佐子はかぶりを振った。だが、男たちは執拗だ。正直に言うまでずっと嬲りモノにされるなら……こんな恥ずかしい質問は終わりにしたかった。

「し、週イチ……」

「あん？　聞こえねえな」

「週イチよっ」

美佐子が叫ぶと、男たちがゲラゲラと笑う。

「へへ、四十二だっけ？　ククッ、欲求不満なんだろうな。さあて、そろそろ下の方もいじってくれよ」

男が言いながら、ククと笑う。

（いやあ……）

燃えるように羞恥を感じながらも、しかし、指先はぱっくりと開ききった秘部に触れた。

（くうう……恥ずかしい……が、ガマンよ）

美佐子は長い睫毛をギュウと閉じ合わせて、左手で身体を支えたまま、恥毛の下に息づくワレ目に指を這わせていく。

「あうう……」

薄紅色に息づく陰唇に中指を沈めると、柔らかく熱い媚肉が、自分の指を優しく食いしめてくる。

(ああ……ああ……い、いいわ……)

見つめられていることが、スパイスになって、自らを慰める快感がふくれあがっていく。

身体の奥からジクジクとした疼きが襲ってきて、それを指でまさぐれば、目の前がかすむほどの身も心もとろけるような愉悦が押し寄せてくる。

「ああ……ああんっ……ああ……」

いつしか美佐子は啜り泣きながら、膣口を這う指の動きを速めてしまう。

指先に熱い湿りを感じると、全身が焼けただれるような羞恥が襲いかかってくる。

それでも指で粘膜をいじくっていくと、やがてぴちゃぴちゃという卑猥な汁音が響き、大きなヒップを浮かせてくねらせてしまう。

「す、すげえ……」

「……へへっ、捜査官といえども人妻だ。色っぽいな……たまんねえぜ。感じてるのかい？　捜査官サマ」

「……」

「答えろよ、麻生美佐子っ」

「か、感じてるわ……」

美佐子は真っ赤に顔を染め、蚊の鳴くような声で答える。

男たちの唾を呑み込む音が聞こえた。

恥ずかしいのに……演技でやり過ごそうと思っているのに……肉襞をまさぐっていた指はさらなる快感をもとめるように、膣口を貫いていく。

「ああ！」

美佐子は顎をあげ、ヒップを浮かせた。

あさましいオナニーの快感に身をやつせば、もはや千佳の視線も、男たちの見世物にされた屈辱も気にならなくなっていく。

中指を根元まで滑り込ませた美佐子は、濡れきった襞肉を指でまさぐり、さらなる愉悦を貪ろうとする。

「ああんっ……いい……いいわっ……」

もうとろけてしまいそうだった。

うねり狂う腰の動きが、もうとめられない。

（ああ……いっそ、か、かき混ぜて！　ああん、お願いッ）

猛烈な掻痒感に苛まれて、美佐子は素っ裸の肢体をいやらしくくねらせた。

指だけでは足りない。

M字開脚した脚が震え、腰がヒクヒクと前後してしまう。

「へヘッ。なんてスケベな捜査官サマだ。身体がもう発情しきってるぜ。乳首もクリトリスもビンビンだ。こりゃあ、オナニーぐらいじゃ収まらねえだろう？」

永尾が近づいてきた。

美佐子はベッドの上で仰向けに押し倒される。

脚を広げられ、永尾の腰が股間に近づいた。

「や、やめて！　そ、それはいやっ。約束が違うわ」

「へへっ、これだけ盛りあがっちまったら、欲しくなっちまったんだろ？　素直になれよ。俺のはさ、なかなかデカいぜ」

硬いものがワレ目に押し当てられる。

感覚からして、確かに太くて強そうだ。夫のものよりも……。

（ああ……何を考えてるのよ）

と思うのだが、美佐子は正常位で脚を広げられた格好で、もの欲しそうに腰をくねらせてしまっていた。

よくわからない感情に苛まれているときだ。

太く長大なものが、美佐子の膣口を大きく押し広げて、ゆっくりと膣奥に沈み込んできた。

「はあああん！」

入れて欲しかった場所に、息もつかせぬほどの野太いモノでみっちりと押し入れられて、美佐子の頭から罪悪感が吹っ飛んだ。

「ああ……あああぁ……だ、だめっ……大きいっ」

美佐子はかぶりを振りたくる。

しかし、腰は大きくうねってしまい、もっともっととせがむように揺らしてしまう。

「ククッ、旦那のと比べて、俺のはそんなに大きいのかい？」

楽しげに言いながら、永尾は美佐子の腰をつかんで引き寄せた。硬くて熱い肉棒が蜜孔をじわじわと押し広げ、奥までめり込んでくる。

「うっ……！　あ、あっ、だ、だめっ……！」

レイプの絶望感に苛まれたのはしかし、わずかな時間だけだった。

「おうう！　た、たまんねえぜ。へっへっ、さすが人妻だ。肉がチ×ポにからみついてきやがる」

夢中になって永尾は深いストロークを繰り返す。すると、強烈な突きあげに子宮口が押し込まれて、目もくらむ快楽が押し寄せてくる。

ズチュ、ズチュ、ジュプッ、ジュプッ！

「あ、あああんっ、い、いいわ……はあああん」

出してはいけないヨガリ声が口を衝いて出てしまう。

忌み嫌う犯罪者が相手なのに、乳首は張りつめ、全身からは甘ったるい発情の汗がにじみ出る。

もう美佐子は肉交のこと以外、考えられなくなっていた。

2

クルマを運転していた真紀が署の前についたとき、スマホに電話がかかってきた。

慌てて路肩に車を寄せて、スマホを鞄から取り出した。

知らない番号からだった。

真紀は電話に出る。

『もしもし？　千佳です。真紀先輩ですか？』

電話の向こうの千佳の声が、緊張でかすれていた。

間違いない。誰かが千佳のまわりにいて、電話するように指示しているのだろう。

「千佳ちゃん……大丈夫？」

『いまは大丈夫です。ただ、ここに来て欲しいんです。美佐子さんもいます』

「なっ……！」

なんということだ。

千佳だけでなく、美佐子までが敵の手に落ちている。

頼みの綱の小百合と理恵は病院、あとは綾子と亜美だが、綾子は美佐子から「なにか」を頼まれたと出かけていて、亜美とは連絡が取れないでいる。

「どこにいけばいいの？」

真紀が言うと、電話の向こうで男がククッと笑った。千佳から電話を受け取ったらしい。

「……永尾ね」

『ククッ。奥さん……いや鮎川真紀か。まさかあんたが本当に囮捜査官だったとはなあ。あのとき無理矢理にでもやっとけばよかったぜ』

思い出すだけで、身体の芯が熱く痺れてくる。

未遂ではあるが、身体を弄ばれたのだ。

「……美佐子さんと千佳ちゃんは無事なんでしょうね」

『あの淫乱捜査官たちか？　待ってろ』

と、間髪いれずにメールが送られてきた。添付画像を見て真紀はわなわなと身体を打ち振るわせる。

ふたりが男たちのアレを咥えている写真だった。

だが……悲惨な写真のハズなのに、ふたりの顔は愉悦に歪みきっていた。

「卑怯者！　クスリかなにかを使ったんでしょう」

『……使ってねえよ。っていうか、こっちもびびってんだぜ。捜査官てのはあれかい？　みんな欲求不満の集まりか何かか？』

言われてちょっと恥ずかしくなった。

というのも、人妻同士なので、職務中もついつい夜の話をしてしまうのだが、聞いたところによると、確かにみな欲求不満気味だった。

永尾の言うこともちょっとどころか、かなり当たっている。

「どうすればいいの？」

『いまから、そこに仲間が行くから。おとなしく従うんだ』

電話が切られた。

と、外からこんこんと窓を叩かれた。

見れば、亜美が立っていた。真紀はクルマの窓ガラスを開ける。

「やっぱり……あなただけ妙な動きをしていると思ったわ」

真紀が冷静に言うと、亜美はフンと鼻を鳴らした。

「目をつけられていたのは知ってたわよ。公安の女豹さん。三雲もあんたを復帰させたのは後悔してたわ。所詮、お飾りだったのに、ちゃんと仕事しちゃうんだもん。おかげで見られちゃいけないものまで、見られちゃった」

「私はカジノ利権なんかどうでもいいの。ただ、か弱い女の子を食い物にするヤツらをやっつけたいだけ」

真紀の言葉を聞いて、亜美は静かに笑った。

「もう遅いわよ。後ろに座って。少しドライブしましょう」

亜美の後ろにいた男が、ドアを無理矢理に開けて、真紀を引っ張りだした。

後ろ手に手錠を嵌められ、スマホを奪われた。

続けて目隠しをさせられて、後部座席に詰め込まれる。

クルマに乗ると男たちが真紀の両脇に陣取り、ジーンズやTシャツの上から、真紀の身体をいやらしくまさぐってきた。

おそらく場所を特定させないためだろう。

効果はてきめんだった。

一時間ほど目隠しでクルマに乗せられていたものの、どのあたりまで来たのかまったくわからなかった。

建物に入って、地下に降りたのはわかった。

そこで真紀は目隠しを外された。

コンクリート打ちっぱなしの地下室のような部屋である。

永尾がうすら笑いを浮かべて、地下室に入ってきた。

まわりを見れば、男たちが六人。

永尾と亜美を入れて計八人だ。

真紀はどうすれば逃げられるか、頭の中で考える。

「ククッ、ホントにいつ見ても惚れ惚れするプロポーションだなあ、鮎川真紀。捜査官かあ、たまんねえよ」

永尾がニヤニヤしながら、真紀を見つめてくる。

緩やかにウェーブするミドルレングスの黒髪に、形のよい大きなアーモンドアイ、真紀は確かに捜査官とは思えぬ華やかさをまとっている。

ルックスだけではない。

胸元が悩ましいほど大きく隆起しており、女らしい丸みを描いている。

そして腰はくびれているのに、ジーンズのヒップはムチッとして、噎せかえるような女の色気を匂わせていた。

「三十二歳の人妻か。まさに熟れ頃、食べ頃ってところだな」

「私の話はいいわ。千佳ちゃんと美佐子さんを出して。殺すわよ」

ジロリと永尾を睨む。

一瞬、永尾はひるんだ顔を見せた。

まわりにいる男たちにも、緊張が走ったのがわかる。

「へ、へんなこと言うなよ。こっちには人質がいるんだぜ、女豹さんよ」

「別になにもしないから、早く会わせて」

真紀の言葉に永尾がチッと舌打ちする。合図すると、壁だと思っていた仕切りが取り払われた。

「ち、千佳ちゃん！　美佐子さん！」

真紀の声に反応したのは美佐子だけだった。千佳は裸のまま、奥の方でぐったりしていた。

「ウッ！　ムゥゥゥ！」

ほんの二、三メートル先に、猿轡を嵌められた美佐子がいた。

素っ裸にされ、尻を大きく掲げた恥ずかしい格好で後ろ手に拘束され、男たちに押さえつけられている。

美佐子は真紀の姿を見ると、その不自由な身体を揺すって抵抗を激しくした。

「ウウッ！　ンウッ！」

だがどんなに藻掻いても、男たちの力にはかなわない。

猿轡もきつく嵌められているらしく、くぐもった声しか聞こえなかった。

美佐子の真っ白い肌が汗で濡れ、ライトに照らされていやらしく光っている。

「千佳ちゃん！　美佐子さん！　ンンンッ……」

再び叫んだところで、真紀は男たちの手によって口にボールのようなものを咥えさせられ、後頭部でしっかりと留められた。

さらに後ろ手に手錠を嵌められたまま、服をすべて脱がされて美佐子と同じように尻をもたげた格好で、前につんのめる苦しい姿勢を強いられた。

「ンン……ンウウッ!」

真紀がくぐもった声を漏らす。

まるで声が出せなかった。素っ裸のまま、不自由な四つん這い……いや、頭で身体を支える土下座のような屈辱的な格好だ。

永尾はしゃがんで、真紀の顔を覗き込んでくる。

「おたくの課の最後のひとり、三浦綾子はどこにいる?」

「ンンッ?」

(そうか、美佐子さん。綾子さんのことは喋らなかったのね)

七人の人妻捜査官の最後のひとり。

たしか綾子は、美佐子の盗聴のことを知っているはずだ。

北署はすでに三雲の手に落ちている。だが、他の警察署にかけこめば……。

(こいつらは盗聴の証拠があることを知らないんだわ。なんとかこの場所さえ綾子さんに伝えられれば……)

「ンン……」

真紀はかぶりを振った。

綾子は最後の砦だ。口を割るつもりはない。

永尾は「そうか」とあっさり言って、立ちあがった。

「言いたくなったら、いつでも合図してくれ。それまで楽しいショーをみせてやろう」

そのときだ。

奥の方のドアが開いて、ひとりの男が、若い男たちに連れられて入ってきた。

全裸で目隠しと猿轡をつけさせられ、若い男に首元にナイフを突きつけられている。

その男の顔を見て、真紀は心臓が凍りついた。

（あ、あなた！）

「ムゥゥ！」

悲痛な叫びは猿轡で封じられてしまう。抵抗しようにも、男たちに押さえつけられていてはどうにもできない。

（あ、あなた！　どうして！　ああ、夫になにをさせるつもりなの）

なんとか首をねじって永尾の顔を見つめて目だけで訴えた。

夫を解放してッ、と。

「フフ。いいものを見せてやるぜ、鮎川真紀」

永尾が言う。

夫にナイフをつきつけている若い男が口を開いた。

「おい。さっき言ったとおりに女を犯せ。バイアグラ飲まされてビンビンなんだろ？　やらないとナイフでえぐるからな」

目隠しさせられた夫は、わけもわからぬまま、手探りで美佐子のヒップの場所を探り当てた。

「ンンンンッ！」

美佐子が白いヒップをこわばらせる。

突っ伏したまま、ムチムチの肢体を揺らすが、男たちにしっかりと押さえつけられていて逃げようがない。

（ああ！　あ、あなた、それは美佐子さんよ！　逢ったことあるでしょう？　だめっ！　しないで！　ここに私がいるのよ！）

この異常な状況を夫に伝えようにも、真紀も美佐子も猿轡を嵌められていて、くぐもった声しかあげられない。

「ンンッ、ンンッ」

美佐子は必死に逃れようとしている。目の前にいる部下の、その愛する夫に犯されようとしているのだ。生きた心地もしないだろう。

「ンンッ!」

男たちが美佐子の尻を押さえつけ、目隠しした夫のペニスの位置と合わせるように調整している。

そしてついに美佐子のヒップの亀裂に夫の切っ先が触れた。

美佐子は猿轡を嵌めた美貌を揺すり、真紀の顔を見つめながら黒髪を振り乱している。

「いやっ、いやっ」と、美佐子が猿轡の奥で懸命に悲鳴をもらしているのが、真紀にははっきりとわかった。

「ンンッ! ンンンッ」

(美佐子さん! あなた! やめてぇぇ)

真紀は猿轡の奥から何度も悲鳴を漏らす。

だが視界を塞がれた夫には「他にも誰か女がいる」くらいしか認識できないだ

ろう。

わけもわからずに、いきなり女を犯せと命令されているだけなのだ。

（離して！　ああ、やめさせて！）

そして……ついに。

夫がググッと腰をせり出した。

逞しい屹立が美佐子のヒップの奥にじわりじわりと潜っていく。

「ムゥゥゥゥゥ！」

美佐子が猿轡を噛みしばって、くぐもった悲鳴を漏らした。

（あなたぁ！）

真紀は心の中で叫んだ。

ドアがバーンと開いて、綾子と男たちが踏み込んできた。

綾子が駆け寄ってきた。

「ごめんなさい、遅くなって。今、手錠を外しますね」

綾子に後ろ手の手錠を外された。

口のボールもようやくとれた。

「ハア……ハア……どうしてここが？」

真紀が訊く。

「あれですよ。以前、千佳ちゃんが靴にGPSを仕込まれてるって、嫉妬深い旦那さんが……」

綾子に言われて真紀はハッとした。

まさかあのときの愚痴が、こんなところで役に立つなんて……。

「真紀！　永尾よ、捕まえて！」

口元が自由になった美佐子が叫んだ。

男たちに追いかけられている永尾が、こちらに向かって走ってきていた。

真紀は素っ裸のまま立ちあがり、ハイキックを見舞う。

虚を突かれたのだろう、永尾の側頭部にヒットした。

「ぐわっ！」

永尾が崩れ落ちた。

真紀は自分に嵌められていた手錠を、素早く永尾の手にはハメる。

「く、くそっ……どうしてここが……スマホは全部捨てたハズなのに」

永尾が口惜しげに唇を噛む。

「人妻ってねえ、いろいろ大変なのよ」

真紀が言うと、永尾が不思議そうな顔をした。

エピローグ

「しかし、花坂までいっちゃうとわね」

美佐子はオフィスで新聞を広げながら、呆れた声をあげる。

「あたしら、そんなつもりなんか、これっぽっちもなかったんやけどねえ」

煎餅をかじりながら、理恵が笑う。

稲森組の残党に襲われた理恵と小百合だが、全治一週間と割合に軽傷ですんだのは幸いだった。小百合は今頃、身体がなまったと、新宿北署の柔道場でトレーニングをしているはずだ。

「でもよかったじゃないですか。麻生課長は栄転でしょう? これだけの実績を積んだんだから」

綾子が辛辣に言う。

「それがそうでもないらしいんですよ」

千佳が口を挟んだ。

永尾たちの罠に嵌まり、ヤラれてしまった千佳だったが、思っていたよりもあっさりと復帰した。

「任務だから、あれは仕方なかった」と割り切ったところを見せているのもどうやら本心らしく、意外とサバサバしていたことに、真紀はホッと安堵していた。

「そうでもないって、どういうこと?」

綾子が訊く。

美佐子が新聞を畳んで、口を尖らせた。

「だって、私たち、警察の天下り先をひとつつぶしちゃったのよ。私の出世なんかパアよ」

美佐子はため息をついた。

代議士の花坂、そして新宿北署の三雲、そして永尾をはじめとする半グレ組織の利権つながりは、どうせ隠蔽されるだろうと思っていたが、思いのほか大きくマスコミに取りあげられた。

ちょうどマスコミがカジノ利権を叩きたかったから、うってつけの材料だったのだ。

おかげでカジノ議連の動きは一旦ストップとなり、花坂は連日叩かれることとなった。

三雲は雲隠れしており、その愛人だった亜美の行方もわかっていない。

「まあでもいいわ。リベンジよ。ここでもう一旗揚げてやるわ」

美佐子が拳を握る。

みなが「えっ」という顔で、美佐子を見る。

「この課って、解散する予定じゃなかったんですか？」

千佳が訊くと、美佐子が「ううん」と首を振った。

「永尾たちは捕まったけど、半グレ集団はまだ残っているわ。あこぎな風俗店はまだあとを立たない。今月から危険手当も増額したから、がんばって頂戴」

美佐子の発破に、綾子は面倒臭そうにハイハイと答えるが、理恵は「給料アップならまあ」とまんざらでもない。

千佳は相変わらず瞳をキラキラさせているが、真紀はもう千佳に危ない橋を渡らせるつもりはなかった。

「続けてくれるわよね」

美佐子が真紀の机の前まで来て、腕組みした。

いまだ美佐子の顔を見ると、カアッと全身が熱くなる。

夫の博はいまだに自分がどうして拉致され、女性と性行為させられたのか、よくわかっていないようだ。

もちろんそのことは真紀には話すつもりがないらしい。

仕方なかったとはいえ、美佐子と夫が性行為を持った事実にはかわりなく、どうもいまだに関係がギクシャクしたままだ。

「ねえ、続けてくれるんでしょう?」

美佐子が念を押す。

真紀はニッコリと優しく微笑んだ。

「もちろんです。か弱い女性はまだたくさんいるんですから……」

正直、美佐子と夫の関係は腹立たしいが、あのときから夫が夜、積極的に求めてくれるようになったのは嬉しかった。

「でも次は、課長も参加してくださいね、潜入捜査」

真紀の言葉に、美佐子の顔がヒクヒクと痙攣した。

「しかし麻生課長……この課にもうひとり入れません? 亜美さんの補充をなん

とかしないと……」

「なんで？　そこまで急がなくても……」

綾子が言う。

美佐子が首をかしげる。

「だって、やっぱり七人の捜査官って、はえるじゃないですか。語呂もいいし。テレビドラマみたい。六人より七人ですよ」

綾子が真面目に言うので、女性たちはみな噴き出した。

でも、七人の捜査官って言葉、確かに悪くないかも知れない。

＊この作品は、書き下ろしです。また、文中に登場する団体、個人、行為などは実在のものとはいっさい関係ありません。

二見文庫

七人《しちにん》の人妻捜査官《ひとづまそうさかん》

著者　桜井真琴《さくらいまこと》

発行所　株式会社 二見書房
東京都千代田区神田三崎町2-18-11
電話 03(3515)2311［営業］
03(3515)2313［編集］
振替 00170-4-2639

印刷　株式会社 堀内印刷所
製本　株式会社 村上製本所

落丁·乱丁本はお取り替えいたします。
定価は、カバーに表示してあります。

ISBN978-4-576-20115-3
https://www.futami.co.jp/